Pierre Bourgeade
Das rosa Telefon

UT *metro* wird
herausgegeben von
Thomas Wörtche

Zu diesem Buch

Zwanzig Jahre lang war Barnabé Follope Buchhändler in Montparnasse. Als die Buchkrise zuschlägt, wird er Privatdetektiv. Die Geschäfte laufen gut. Eine Frau mit einer unglaublichen Stimme bietet ihm einen mysteriösen Auftrag und Telefonsex an. Barnabé lehnt den zweiten Vorschlag ab, den ersten nimmt er an. Und entdeckt den Kopf einer Traumfrau in einer blutbespritzten Wohnung.

So beginnt eine Ermittlung in den Labyrinthen des Telefonsex. Sie mündet in einer verstörenden Liebesgeschichte.

»Henry Miller hat ihn kommen sehen: den klimatisierten Albtraum. Mit Bourgeade wird er ein Vergnügen.« *Le Canard enchainé*

»›Das rosa Telefon‹ von Pierre Bourgeade, das bedeutet Nestor Burma im Kamasutra oder die zweiunddreißig Positionen des liegenden Schützen. Fantastisch!« *L'Express*

»Hier haben wir einen kleinen, funkelnden Kriminalroman, der ein leider vernachlässigtes Genre wieder aufgreift, den Humor.« *Le Matin*

Der Autor

Pierre Bourgeade, 1927 geboren, aufgewachsen in Bayonne und Biarritz, wurde zunächst Jurist und Beamter. 1966 veröffentlichte Gallimard seine erste Sammlung erotischer Novellen. Er schrieb über dreißig Romane, Gedichte, Essays und Opernlibretti, darunter den Welterfolg »Die Frau des Buchhändlers«. Bourgeade lebt in Paris und Biarritz.

Mehr über Buch und Autor im Anhang
oder auf *www.unionsverlag.ch*

Pierre Bourgeade

Das rosa Telefon

Aus dem Französischen von Stefan Linster

Unionsverlag

Die Originalausgabe erschien 1999
unter dem Titel *Téléphone rose*
bei Éditions Gallimard, Paris.

Deutsche Erstausgabe

Auf Internet
Aktuelle Informationen
Dokumente, Materialien
www.unionsverlag.ch

Unionsverlag Taschenbuch 188

Rieterstrasse 18, CH-8027 Zürich
Telefon 0041-1 281 14 00, Fax 0041-1 281 14 40

Umschlaggestaltung: Heinz Unternährer, Zürich
Umschlagbild: Ferdinando Dolfo, Verona
Druck und Bindung: Clausen & Bosse, Leck
ISBN 3-293-20188-1

Die äußersten Zahlen geben die aktuelle Auflage
und deren Erscheinungsjahr an:
1 2 3 4 5 - 04 03 02 01 00

Für Heidi

La rue sexuelle s'anime
le long des faces mal venues,
les cafés pépiant de crimes
déracinent les avenues.
ANTONIN ARTAUD

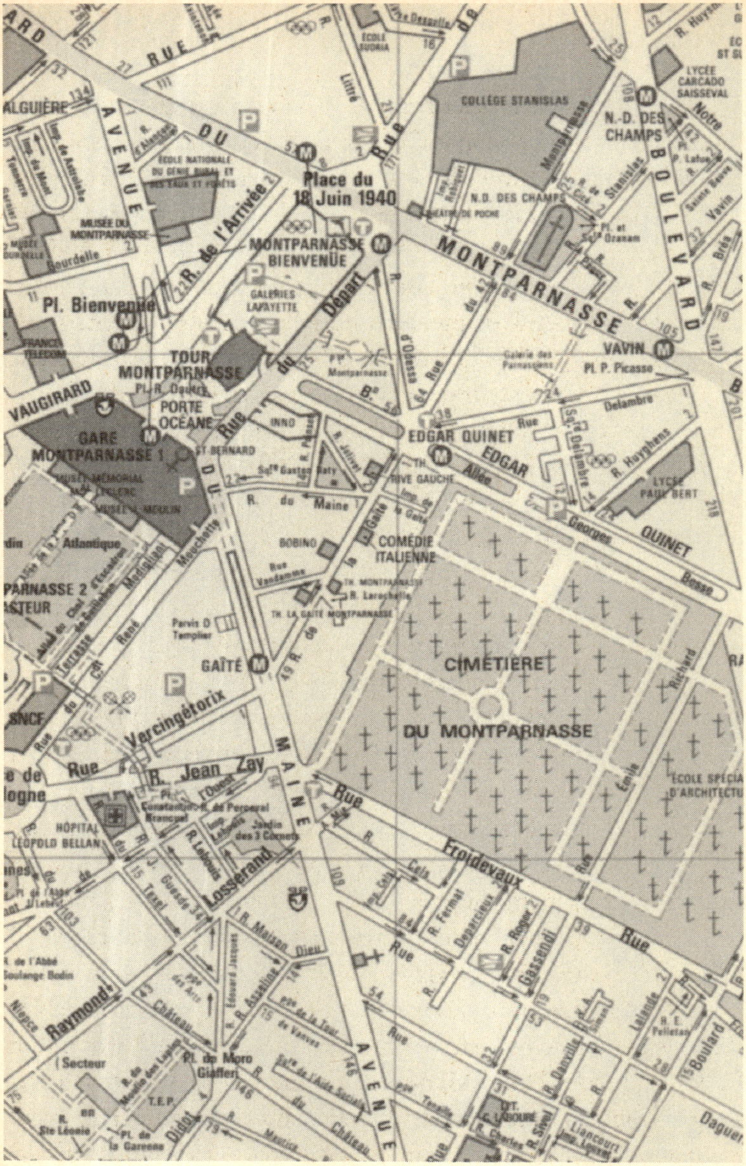
COLLÈGE STANISLAS
N.-D. DES CHAMPS
LYCÉE CARCADO SAISSEVAL
Place du 18 Juin 1940
MONTPARNASSE BIENVENÜE
N.D. DES CHAMPS
MONTPARNASSE
BOULEVARD
AVENUE DU
RUE
R. de l'Arrivée
MUSÉE DU MONTPARNASSE
Bourdelle
Pl. Bienvenüe
GALERIES LAFAYETTE
Rue du Départ
TOUR MONTPARNASSE
VAUGIRARD
PORTE OCÉANE
GARE MONTPARNASSE 1
VAVIN
Pl. P. Picasso
Delambre
EDGAR QUINET
EDGAR
Allée
LYCÉE PAUL BERT
Georges
QUINET
R. du Maine
BOBINO
COMÉDIE ITALIENNE
Atlantique
PARNASSE 2
René
Parvis D Templier
GAÎTÉ
CIMETIÈRE
DU MONTPARNASSE
Vercingétorix
R. Jean Zay
MAINE
Rue Froidevaux
ÉCOLE SPÉCIAL D'ARCHITECTU
HÔPITAL LÉOPOLD BELLAN
SNCF
Rue
Losserand
R. Maison Dieu
Rue
Gassendi
R. Fermat
Raymond
Château
Pl. de Moro Giafferi
AVENUE
T.E.P.
Boulard
Daguer
Liancourt

1

Hallo! Ich heiße Monsieur Barnabé Follope. Fünfundzwanzig Jahre lang war ich Buchhändler im Quartier Montparnasse, Rue Delambre Nr. 10, direkt hinterm *Dôme*, der Brasserie. Ende der Achtzigerjahre wurde ich Opfer der Krise auf dem Buchmarkt. Frankreich liest nicht mehr. Die Familien träumten von Bücherwänden, jetzt träumen sie vom Surfen im Internet. Die Frauen liebten gefühlvolle Romane, jetzt bodybuilden sie, stretchen sich und lassen sich die »Bikinizone« epilieren. Die Kids waren ganz verrückt nach Comics, heute geiern sie nach elektronischen Spielen. Die Kerle leisteten sich eine Sammlung erotischer Texte, heute leisten sie sich einen Pack Pornokassetten. Das Schrifttum ist tot, Friede seiner Asche! 1994 schließlich, mit fünfundfünfzig Lenzen, muss ich den Krempel von heute auf morgen hinschmeißen. Was kann man da machen? ... Was tun? ... Vielleicht meinen Laden und die hintere Ladenstube, die ich zum Bad-Kitchenette-Einzimmerappartement umgebaut habe, verkaufen und mich in meine heimatlichen Pyrenäen zurückziehen. Ich würde in den *gaves* Forellen angeln, würde den Schafen beim Grasen zugucken und die gute Gipfelluft schnuppern. Allerdings bin ich der Meinung, dass es dafür noch etwas zu früh ist. Und vor allem bin ich der Meinung, dass die Not, diese unbekümmerte Freundin, die häufig auf so unerwartete Weise in Erscheinung tritt, mir in meinem Alter endlich die Chance bietet, meinen Traum zu realisieren: nämlich ein Detektivbüro aufzumachen!

In meiner Eigenschaft als Buchhändler habe ich eine ganze Menge Bücher gelesen, besonders Krimis hatten es mir angetan. Wie viele Male habe ich davon geträumt, Dashiell Hammett, Nick Carter oder Philip Marlowe zu sein! Zuletzt konnte ich diejenigen, die tatsächlich gelebt haben, und die erfundenen nicht mehr auseinander halten! Bogart – ist der nicht eine Romanfigur?

Die Gelegenheit ist zu günstig. Meine Entscheidung ist gefallen. Ich werde eine Detektei eröffnen, ich werde mein eigener Herr sein, der einzige und alleinige Privatdetektiv dieses Büros! So gibts keine Diskussionen … keine Unstimmigkeiten … keine schmutzigen Tricks zwischen dem Boss und seinen Mitarbeitern! Einigkeit im Denken, Einigkeit in der Aktion! Ich habe ein paar Tausend Francs auf der Seite, nach nicht einmal acht Tagen sind die unerlässlichen Umgestaltungen abgeschlossen. Im Eingangsbereich des Ladens habe ich mit drei Sperrholzwänden ein winziges Vorzimmer herrichten lassen, in das ich zwei Stühle stelle. Das Schaufenster lasse ich durch venezianische Rollos halbseitig blickdicht machen, und auf die Außenseite der Scheibe lasse ich in großen Lettern (macht mächtig was her!) folgende Beschriftung aufmalen:

BARNABÉ FOLLOPE
EHEMALS BUCHHÄNDLER
PRIVATDETEKTIV
Tel./Fax: 01.43.25.12.50
(Zusätzl. Infos siehe an der Tür)

Da ich beschlossen habe, auf eine Sekretärin zu verzichten, habe ich mich auch mit einem Anrufbeantworter ausgestattet. Falls Klienten mich direkt aufsuchen wollen und, weil ich gerade meinen Ermittlungen nachgehe, vor verschlossener Tür stehen, habe ich über meinem Briefkasten ein lasergraviertes Metallschild mit folgendem Wortlaut anbringen lassen: »Im Falle meiner Abwesenheit hinterlassen Sie bitte eine Nachricht nebst Ihrer Telefonnummer im Briefkasten, Monsieur Barnabé Follope wird Sie nach seiner Rückkehr sofort anrufen.«

Somit habe ich alles bis ins Kleinste ausgetüftelt. Es müsste klappen … Und es klappt! Bereits im Januar 1994, meinem ersten

Monat, bleibt mir unterm Strich weit mehr als im ganzen Vorjahr, als ich noch verzweifelt versucht habe, abgehalfterte Nobelpreisträger, debile Gewinner des Goncourt und all die unzähligen Politikerbiografien zu verkaufen, die wie ebenso viele Hundehaufen stinken. Die Sache läuft. Und inzwischen suche ich mir meine Fälle aus. Richtig harte Sachen – Straftaten, Drogen, Pädophilie – lehne ich rundweg ab. Wenn irgendjemand mit einer derartigen Geschichte zu mir kommt, verweise ich ihn schnurstracks an einen Kollegen, sofern ich ihm nicht sogar den Rat gebe, seine Nöte doch gleich im Polizeirevier (Quartier Delambre) des XIVe Arrondissements zu erzählen, das in einem kleinen zweigeschossigen Haus auf der anderen Straßenseite, gerade mal zwanzig Meter von meinem Büro entfernt, untergebracht ist.

Die Inspektoren und Flics dieser eher familiären Dienststelle (das Hauptkommissariat des 14. residiert in einem fünfzehnstöckigen Betonblock in der Avenue du Maine) wissen, dass ich von richtig schweren Dingern die Finger lasse. Sie tolerieren mich, auch wenn sie mich nicht mögen. Ich muss sogar zugeben, dass der Bezirkskommissar, Monsieur Aimé Jovial – welch passender Name für jemanden, der im Ressort »Gesetz und Ordnung« Karriere macht –, Kunde meiner Buchhandlung war.

Schon nach ein paar Wochen kommt die Sache in Fahrt! Ich liebte Krimis, ich liebte die Frauen (und liebe sie weiterhin!), also spezialisiere ich mich auf Ermittlungen in Frauensachen, das heißt auf Fälle, die mit den Fährnissen des Liebeslebens zusammenhängen … Fährnissen also, die unsere teuren Gefährtinnen oftmals zur Raserei bringen. Verheiratete Frauen sind eifersüchtig auf Mätressen, Mätressen auf Ehefrauen, Ehefrauen auf Herzensfreundinnen, Herzensfreundinnen auf Nutten, Nutten auf Jungfrauen, Jungfrauen auf Lesben, Lesben untereinander … kurzum, die moderne Frau geht mit brennender Leidenschaft das Kamasutra der Eifersucht durch, ganz erpicht auf Beweise jeglicher

Art … und verhilft so dem Privatdetektiv, der diese Beweise ja beizubringen hat … oder notfalls fabrizieren muss … zu Wohlstand!

In diesem neuen Leben fühle ich mich wohl wie die Made im Speck. Im März 1997 feiere ich mit einer diskret zurückhaltenden Freundin meinen achtundfünfzigsten Geburtstag. Mein Leben wird ziemlich aus den Fugen geraten, aber davon ahne ich noch nichts. Diner und Heiaheia im *Ritz*. Frühstück um Punkt neun Uhr, noch ein paar Schmusereien, wieder Heiaheia, um dreizehn Uhr ein leichter Lunch, um vierzehn Uhr dreißig gehen wir auseinander, und um fünfzehn Uhr bin ich zu Hause. Es ist ein milder, heller Vorfrühlingstag. Die Luft ist duftig leicht und licht. Die Rue Delambre eine der ruhigsten Straßen. In meinem Briefkasten steckt ein Umschlag. Schon durch das Papier spüre ich, dass sich im Innern verschiedene Dinge befinden. Auf diesem Umschlag stehen, in blauer Tinte und großer, eleganter, ganz offensichtlich weiblicher Schrift, folgende Zeilen: »Öffnen Sie diesen Brief erst nach meinem Anruf. Doch ich weiß genau, dass Sie ihn sowieso vorher öffnen werden. Die Männer sind alle gleich!«

Ich muss lächeln … Ich fasse diese Botschaft als Erlaubnis auf. Die Frauen sind ebenfalls alle gleich! Ich setze mich an meinen Schreibtisch, lege den Umschlag vor mich, überprüfe den Anrufbeantworter: keine Nachricht. Die Dame hat also noch nicht angerufen. Ich nehme einen Brieföffner und schneide den Umschlag behutsam auf.

Er enthält fünf Gegenstände, die ich nacheinander herausgleiten lasse und vor mir auf dem Tisch anordne: Da ist ein mächtig komplizierter Schlüssel. Eine Bahnfahrkarte. Ein Passfoto. Ein in der Mitte zusammengefalteter Fünfhunderter. Und ein Brief – ein doppelt gefalteter Bogen. Durch das Papier erkenne ich die große, blaue Handschrift.

Sehr interessant!

Sehen wir uns das mal genauer an.

Der Schlüssel ist ein Bricard, demnach gehört er zu einem Sicherheitsschloss, von denen es in Paris zwanzig- oder dreißigtausend geben dürfte.

Bricard-Schlüssel sind im Prinzip unmöglich nachzumachen. Im modernen Wohnungsbau wurden diese Schlösser vor ungefähr zehn Jahren durch Schließanlangen von weitaus fortschrittlicherer Technologie verdrängt, gelten jedoch im traditionellen Wohnsektor zu Recht noch immer als ausreichend sicher. Besagter Schlüssel ist relativ alt und die Nummer halb abgeschliffen.

Das Foto ist eines dieser Passbilder, die man in den Fotoautomaten, wie sie in jedem x-beliebigen Monoprix herumstehen, selbst machen kann. Dessen Oberfläche ist übrigens nicht ganz plan, wie es bei dem von einem Profi geschossenen Polaroid der Fall wäre, sondern leicht nach innen gewölbt. Darauf abgebildet ist, was man im Allgemeinen ein hübsches Mädchen nennt. Dieses hier ist wohl vier- oder fünfundzwanzig Jahre alt und besitzt das anmutige Gesicht einer gepflegten jungen Frau aus gutbürgerlichem Hause, die abends, beim Ausgehen, für ihre Freunde ohne weiteres das Topmodel spielen könnte: ebenmäßige Züge, ein Helm schwarzen Haars mit halblangem Pony, die Nase ein wenig zu lang, ein großer Mund, ein etwas zu kindliches Grübchen im Kinn und große, graublaue Augen, das Beste an diesem Mädchen, neben seiner Frische natürlich. Alles in allem ein gefälliges, charmantes, anziehendes, ja beinahe überwältigendes Gesicht … Und ich bin da weiß Gott heikel!

Die Bahnkarte ist einer dieser neuen, ziemlich großen und halb kartonierten Fahrscheine, die inzwischen von *Socrate* ausgegeben werden. Ein Billett für Fernzüge also und kein Nahverkehrsticket. Tatsächlich ein am Vortag ausgegebenes TGV-Billett, einfache Fahrt Bordeaux–Paris. Es wurde entwertet.

Der Fünfhunderter ist ein herrlicher Marie-Curie-Schein in Zartgrün, der Farbe der Hoffnung, silbrig gesäumt und funkelnagelneu. Zwar vermute ich, dass er dazu bestimmt ist, in meiner Brieftasche Platz zu finden – um mich jedoch an die ehernen Regeln zu halten, die unseren Beruf bestimmen, will ich ihn nicht einstecken, bevor ich nicht die Erlaubnis dazu erhalten habe, und muss folglich zunächst den Brief lesen.

Dieser wurde auf ein gewöhnliches weißes Blatt Papier ohne Prägung geschrieben und der Bogen zweimal gefaltet.

Ich falte ihn auseinander.

Ich lese.

Sehr geehrter Herr,
eine Freundin hat Sie mir empfohlen. Ich kenne Sie übrigens, ich wohne auch hier im Viertel. Ich habe die Absicht, Sie später aufzusuchen, doch für den Fall, dass Sie nicht da sind, verfasse ich vorsorglich diese Nachricht, die ich Ihnen dann im Briefkasten hinterlassen werde.

Ich heiße Estelle. Ich lege Ihnen das Foto bei, damit Sie sehen, wer ich bin. Der Schlüssel ist der zu meinem Appartement. Könnten Sie morgen Nachmittag, zwischen vier und fünf, mit einem kleinen Fotoapparat bei mir vorbeikommen? Es wird Sie bloß ein paar Minuten Zeit kosten: Ich wohne nur hundert Meter von Ihnen entfernt. Behalten Sie den Lappen. Ich werde Ihnen einen weiteren geben, nachdem Sie bei mir waren. Wegen aller weiteren Details werde ich Sie heute Abend anrufen, so gegen sieben, wenn ich von der Arbeit komme.
Mit freundlichen Grüßen
Estelle

Jasminduft. Der Brief ist dezent parfümiert. Ich drehe und wende ihn immer wieder zwischen den Fingern, ohne dass es mir gelingen will, ihm etwas anderes zu entlocken als das, was ich gerade gelesen habe. Briefe dieser Sorte erhalte ich ziemlich oft, zumal ich selbst sie ja für den Fall meiner Abwesenheit erbitte, doch irgendetwas in mir lässt mich wirklich bedauern, nicht da gewesen zu sein, als die Puppe vorbeigeschaut hat. Daher widme ich mich wieder dem Foto. Wenn dieses Mädchen nicht hundertprozentig zum Anbeißen ist, dann wohl doch zu 99 Prozent, und wer weiß, ob ich es mit etwas Fingerspitzengefühl nicht hätte deichseln können, mir einen Teil meines Honorars in natura auszahlen zu lassen? … Das kommt ab und zu vor … Die Sache scheint dringend … von einem Tag auf den anderen zu erledigen … also wird meine neue Klientin mich mit Sicherheit anrufen, und ich beschließe, mich den ganzen Nachmittag nicht mehr vom Fleck zu rühren. Doch die Minuten, Viertelstunden und Stunden verrinnen zum Verzweifeln langsam, und das Telefon klingelt einfach nicht! Wut und Enttäuschung steigen in mir hoch. Kurz nach sieben beschließe ich, bis zum Place Denfert-Rochereau zu spazieren, um mir die Beine zu vertreten und mich zu beruhigen. Just als ich hinausgehen will, klingelt das Telefon. Ich stürze hin, nehme den Hörer ab.

»Hallo … Monsieur Follope, der Privatdetektiv?«

»Höchstselbst.«

»Hier spricht Estelle. Die Person, die Ihnen heute einen Brief im Briefkasten hinterlassen hat. Haben Sie ihn gefunden?«

»Ja.«

»Und haben Sie ihn geöffnet?«

»Ja.«

»Ich wollte Sie eigentlich früher anrufen, konnte aber nicht. Ich hatte schon Angst, Sie wären nicht mehr da. Es freut mich sehr, dass Sie auf mich gewartet haben.«

Kleines Lachen. Oder eher ein kleines sexy Gurren. Das Mädchen hat wirklich eine außergewöhnliche Stimme! … Stimmen, davon hört man ja hunderte … tausende … Nun ja … Ehrenwort eines Follope … Ich muss gestehen, ungelogen … und wen sollte ich auch belügen außer mich selbst? … dass ich noch nie eine vergleichbare gehört habe! Sie zieht mich an … provoziert mich …

jagt mir sinnliche Schauer durch den ganzen Körper! Eine junge, doch recht tiefe Stimme … sanft, doch ein wenig rau … unschuldig, doch ganz offenkundig geübt darin, wie man mit Männern sprechen muss. Beim Klang dieser Stimme wird irgendetwas in mir hart … Ich brauche die Stimme und das Mädchen!

Für ein paar Sekunden muss ich den Faden verloren haben.

»Hallo«, setzt die Stimme spöttisch wieder an. »Monsieur Follope? … Monsieur Barnabé Follope, Privatdetektiv? …«

»Ich höre.«

»Sie Böser! Ich hab schon geglaubt, Sie wären weggegangen! Ich bin mir sicher, dass Sie zu dieser Kategorie von Männern gehören, die Frauen gerne leiden lassen! … Stimmts?«

»Mademoiselle Estelle, ich verbitte mir …«

»Ein ganz Schlimmer … o ja, genau das sind Sie wohl … Ein ganz Schlimmer, der Frauen gerne wehtut, wenn er sie in die Arme schließt …«

»Mademoiselle Estelle!«

»Nun gut. Wo waren wir stehen geblieben, Monsieur Follope? … Sie verwirren mich … Ich weiß gar nicht mehr, was ich Ihnen sagen wollte!«

Und wieder legt sie mit diesem unglaublich sexy Lachen los … Eines dieser Mädchen, die die Männer zu melken verstehen, wie man so sagt … Aber da wagt sich die Kleine an eine harte Nuss heran! Mit mir kann sie noch einige Überraschungen erleben! Ich nehme das Gespräch wieder auf: »Sie haben mich angerufen, um mir ein paar zusätzliche Informationen zu dem Brief zu geben, den Sie heute in meinem Briefkasten hinterlassen haben, und zwar hinsichtlich einer Fotografie, die ich morgen bei Ihnen zu Hause machen soll.«

»Exakt! Genau so ist es! Ganz genau so ist es! Ach, Monsieur Follope … wie toll Sie die Dinge doch auf den Punkt bringen können!«

Plötzlich kommt mir da ein Gedanke, und zack! überrumple ich sie blindlings damit.

»Aber sagen Sie mal, Mademoiselle Estelle, Sie wohnen doch im Viertel, nicht wahr?«

»Im Viertel? … Ich wohne nur hundert Meter von Ihnen entfernt!«

»Tja dann, es ist doch gerade mal sieben, warum gehen wir nicht gemeinsam essen? … Ich lad Sie ein. Kommen Sie zur Detektei, oder treffen wir uns gleich im *Dôme* oder in der *Coupole*, da könnten wir uns kennen lernen, und Sie könnten mir während des Essens Ihre weiteren Instruktionen geben.«

Sie antwortet nicht sofort, sie sucht wohl einen Weg, meine Einladung anzunehmen, ohne den Anschein zu erwecken, sich zu überstürzen, wie es die Frauen für gewöhnlich machen. Mir ist ganz fiebrig bei dem Gedanken, sie in der nächsten Viertelstunde leibhaftig vor mir zu sehen. Welch ein Irrtum!

»Immer mit der Ruhe!«, sagt sie schließlich, die verschüchterte Jungfrau spielend. »Meine Freundin hat gut dran getan, mich vorzuwarnen! … Follope – ein ziemlich fähiger Profi … aber in Sachen Manieren ein schrecklich banaler Macho! … Schon nach der ersten Frage kommt die Einladung zum Abendessen … Dann viel Gesülze, und zum Nachtisch gehts ab ins Bett! … Verwechseln Sie Ihre Wünsche nicht mit der Realität, Monsieur Follope! … Ich sage ja nicht, dass wir nicht auch Beziehungen persönlicher Natur in Erwägung ziehen können, wenn Sie den Auftrag, mit dem ich Sie zu betrauen gedenke, erst einmal erledigt haben und wenn ich für mein Teil Sie erst einmal bezahlt haben werde! Außerdem will ich Ihnen ohne Umschweife gestehen: Ich liebe alte Männer. Sie haben also durchaus eine Chance. Für den Augenblick aber möchte ich unsere Beziehung aufs Geschäftliche beschränken … Es kommt also nicht in Frage, dass ich mit Ihnen zu Abend esse, zumindest im Moment nicht. Und da

Sie versuchen, mich anzumachen, breche ich diese Unterhaltung sofort ab. Gehen Sie allein essen, Monsieur Follope. Ich werde Sie im Laufe des Abends nochmals anrufen.«

Das war die kalte Dusche. Wie soll ich den Schlag bloß wettmachen. »Hören Sie, Mademoiselle Estelle«, sage ich mit leicht zitternder Stimme …

»Nein, ich höre nicht. Gehen Sie allein zum Abendessen, Monsieur Follope. Und danach kommen Sie zurück und bleiben in der Nähe Ihres Telefons. Ich werde Sie im Laufe des Abends wieder anrufen.«

Sie legt auf.

Jetzt sitze ich völlig erschlagen da, den Hörer noch in der Hand. Und trotzdem muss ich irgendwann wieder auflegen. Ich lege auf, warte zehn Minuten, in der Hoffnung, dass das Telefon erneut klingeln wird, aber es geschieht nichts. Ich gehe hinaus und will bis zum Place Denfert-Rochereau laufen, um mich zu beruhigen. Obwohl ich genau weiß, dass ich den ganzen Abend vor mich hin motzen werde, bis ich dann endlich wieder in meinem Büro sitze und sie mich endlich anruft.

Und ich irre mich nicht! Motzend marschiere ich die Rue Delambre wieder hoch. Ich motze über den Austernöffner des *Dôme*, der früher am Ende der Straße stand und somit die Passanten nicht störte – inzwischen aber macht er sich mit seiner Auslage mitten auf dem Trottoir breit, was den unschuldigen Spaziergänger nun nötigt, entweder einen Fuß in den Rinnstein zu setzen, um ihm auszuweichen, oder aber mit dem Ellbogen die Körbe mit Austern, Napfschnecken, Herz- und anderen Kammmuscheln zu streifen und so Gefahr zu laufen, den Geruch den ganzen Tag mit sich herumzutragen! Ich motze über die Kolonne Behinderter und sonstwie Verkrüppelter, die eine Stunde braucht, um den Fußgängerstreifen an der Ecke Delambre-Raspail zu überqueren, und sich einen Dreck darum schert, dass andere warten müssen! Ehedem befand sich dort ein Wohnheim für ausländische junge Mädchen, an die sich alle Aufreißer von Montparnasse noch heute erinnern, vor zwei oder drei Jahren aber wurde es in ein Wohnheim für Ausgestoßene umgewandelt. Ich habe nichts gegen diese Mitbürger, die wie alle Welt ein Recht auf Leben haben, aber man muss doch zugeben, dass sie es einem wirklich schwer machen, die gertenschlanken Schwedinnen und die Holländerinnen in voller Blüte zu vergessen! Ich motze über diese Leute, ich motze über deren Betreuer, die immer so aussehen, als würde ihnen die ganze Welt am Arsch vorbeigehen, ich motze über den Flic, der mir mit einem wütenden Trillerpfiff verbietet, einfach mitten durch den Tross zu marschieren. Ich habe doch auch ein Recht auf Leben! Endlich bin ich drüben, ich gehe den Boulevard hoch, motze über eine Gruppe scharlachroter Engländer, die auf der Terrasse des *Raspail Vert* herumrülpsen. Früher saß in diesem Café Dalí höchstpersönlich und trank seine halbe Flasche Mumm und nicht dieses Pack degenerierter *rosbifs*. Im Vorbeigehen schimpfe ich über das unsägliche Spiegelhochhaus, das man an Stelle der altehrwürdig poetischen Gebäude des ehemaligen Amerikanischen Kulturzentrums errichtet hat. Was herrschte hier für ein Gedränge bei den von Jean-Jacques Lebel organisierten Happenings. Da sah man dann nackte Mädchen, die sich von Avantgardisten – eigens aus Minnesota herbeigeeilten Burschen, die darauf brannten, das gute alte Europa vor den Kopf zu stoßen – die Titten bepinseln ließen und sich Bananen in die Muschi steckten. Heute sieht man dort die properen Hostessen der Fondation Cartier in ihren YSL-Tailleurs mit zusammengekniffenen Hintern vor der elektronischen Tür herumstehen und mit hühnerarschförmigen Spitzmäulchen plappern. Am Place Denfert-Rochereau schließlich motze ich über zwei Radler, die, vom Boulevard Arago kommend, alle roten Ampeln überfahren und mich fast ummähen. Ich motze über die Tauben, die den Lion de Belfort vollkacken. Motzend setze ich mich auf die Terrasse des *Canon de Denfert* und bestelle beim Kellner, der mich fragt, was ich zu motzen habe, einen doppelten Monaco.

»Ich motze wegen einer Frau.«

»Da haben Sie vollkommen Recht!«, erwidert er.

Wie schnell man sich manchmal versteht, unter Männern. Der Kellner hat offenkundig eine gewisse Lebenserfahrung! Mir wird ganz warm ums Herz. »Eine Frau, die alles daran setzt, dass ich mit hängender Zunge dastehe!«, füge ich hinzu.

»Immer dieselbe Geschichte«, sagt der Kellner. Er bringt mir meinen doppelten Monaco. Ich trinke ihn in einem Zug, doch wider Erwarten beruhigt mich der halbe Liter Bier mit Grenadine nur partiell. Ich bestelle also noch einen. Und der Kellner bringt ihn mir. »Ich hab Ihnen einen ordentlichen Schuss Gin reingetan«, sagt er zu mir, »um den Geschmack zu heben. Kleines Hausrezept. Wenns Ihnen aber nicht zusagt, tausch ichs aus.«

»Nein, alles bestens. Ist schon recht.«

Ich trinke zwei oder drei Schluck dieses neuen Gebräus und finde es tatsächlich besser. Die herbe Schärfe des Gins schafft es irgendwie, sich den Weg durch das sämige Magma aus Bier und Grenadine zu bahnen, in etwa wie eine Schlange in einem lauwarmen und versumpften Bayou.

Das Tablett in der Hand, steht der Kellner leicht nach vorn gebeugt und wie erstarrt auf seinen Plattfüßen vor mir und wartet ehrfürchtig auf das Urteil. »Sagt es Monsieur zu?«

»Doch. Ist deutlich besser als ein gewöhnlicher Monaco. Wie heißt das Zeug?«

»Mexico. Um Ihnen die ganze Wahrheit zu sagen: Ich selbst hab dieses Gift erfunden.«

»Bravo!«

Mit einem kleinen Gruß entfernt er sich für einen Augenblick und überlässt mich meinen Gedanken. Mach dir nichts vor. Du bist eifersüchtig. Eifersüchtig auf diese Frau, eifersüchtig auf ihre Stimme, auf ihre Schönheit. Eifersüchtig auf die Männer, mit denen sie verkehrt. Ich hole ihr Foto aus der Tasche. Schau es mir an. Ich bin sicher, dass zwischen ihr und mir gerade eine lange Geschichte ihren Anfang nimmt.

Der Kellner hat sich wieder genähert. »Noch einen Mexico?«

»Nein, danke. Ich geh ins Kino.«

»Auf der anderen Straßenseite gäbs einen ausgezeichneten Saal, das *Denfert.*«

»Genau dahin will ich. Was bin ich schuldig?«

»Neunzig Francs.«

Ich hinterlasse einen Hunderter auf dem Tisch und gehe. Noch zwei Stunden totschlagen, nicht mehr, und dann werde ich wieder *Die Stimme* am Telefon hören! Ich fühle mich besser.

Ich betrete das *Denfert,* in dem ich schon zehntausend Mal gewesen bin und, töricht auf die Programmgestaltung vertrauend, sogar die Albernheiten eines Robbe-Grillet gesehen habe. Als Buchhändler ging ich oft ins Kino. Das viele Lesen, einschließlich das von Krimis, füttert den Geist mit einer mehr oder minder konfusen Bildermenagerie, und jeder eingefleischte Leser verspürt regelmäßig das Bedürfnis, sich auf der Leinwand nackte Frauen anzusehen, die wirklich nackte Frauen sind, und Blut, das rot ist. An diesem Abend läuft im *Denfert* ein chinesisches, in Hongkong gedrehtes B-Movie, in dem das Hämoglobin in Strömen fließt. Der Plot ist mehr als simpel. Die Gelben massakrieren sich mir nichts, dir nichts untereinander. Und der einzige Weiße im Film, ein englischer Detektiv, der Sir Alec Guinness ähnlich sieht (es wäre allerdings verwunderlich, wenn er es tatsächlich wäre) und Ermittlungen über das Verschwinden von fünfzehnhundert Tonnen Heroin im Flughafen Fu-Chi-Mi anstellt, der endet erst fein säuberlich in Stücke, dann in Scheiben und schließlich in zarte Streifen zersäbelt als Einlage in der Sojasuppe, die im besten Restaurant der Gegend gereicht wird, einem Laden mit drei Sternen im Miche-ling-Fühlel. Nehmen Sie sich vor den Gelben in Acht! Die sind schon jetzt sieben Milliarden und neunhundert Millionen, und noch vor dem Jahr 2009 werden die Sie verschlingen wie eine Frühlingsrolle, bevor Sie auch nur pieps sagen können. Der explosive Cocktail Monaco-Mexico tut schließlich seine Wirkung, und als die Lichter wieder angehen, schlafe ich fest. Meine Sitznachbarn wecken mich rempelnd auf, weil sie schnell zum Ausgang gelangen wollen. Ich sehe auf meine Armbanduhr: bald zehn! Ich schüttle mich, stehe auf und gehe ebenfalls hinaus. Es ist Nacht, ich fühle mich besser. Mir scheint, dass die Eifersucht und der dazugehörige Schmerz ein wenig verflogen sind. Ich marschiere den Boulevard Raspail wieder hinunter bis zur Metrostation Vavin. Schaue auf einen Sprung im *Raspail Vert* vorbei, um an der Theke ein Halbes zu trinken. Der Patron kennt mich oberflächlich. Er fragt mich, wies geht. Ich antworte, es gehe so.

»Sind nicht Sie der, der am Fischstand vom *Dôme* arbeitet?«, fügt er hinzu.

»Nein. Ich bin der Buchhändler, der zehn Meter von hier einen Laden aufgemacht hat.«

»Ach ja, genau. Wusst ichs doch. Und? Läuft die Buchhandlung?«

»Überhaupt nicht mehr. Ich hab sie vor zwei Jahren dichtgemacht und stattdessen ein Detektivbüro eröffnet.«

»Genial! Beschäftigen Sie viele Detektive?«

»Einen. Und zwar mich.«

»Nicht schlecht! Haben Sie sich auf bestimmte Sachen spezialisiert?«

»Auf Frauensachen. Unzucht, Untreue, Seitensprung, Erpressung.«

»Schmutzige Wäsche, was?«

»Sie sagen es.«

»Na dann, gutes Gelingen.«

»Danke. Gute Nacht.«

Ich leere mein Glas. Bezahle. Gehe nach Hause. Das Telefon klingelt. Ich hebe ab. Ich weiß, wers ist.

»Hallo?«

»Hallo?«, ruft *Die Stimme* impulsiv. »Sind Sie endlich wieder da? … Jetzt ruf ich schon seit einer guten Stunde alle fünf Minuten bei Ihnen an, wo waren Sie denn bloß?«

»Im Kino.«

»Warum denn im Kino!«

»Ich hab versucht, Sie zu vergessen.«

Die Stimme lacht. »Oho! Man könnt ja meinen, Sie wären gebissen worden! Fassen Sie sich wieder, mein Alter. Schließlich sollen Sie hier ja nur in Ihrer Eigenschaft als Privatdetektiv tätig werden und nicht als Romeo!« *Die Stimme* bekommt einen Lachanfall, und ich höre, dass eine andere Frau mit einem etwas dunkleren Lachen sich ihr anschließt. Mein Ton wird härter, und meine Hand krampft sich um den Hörer.

»Was ist da los?«, frage ich. »Ist jemand bei Ihnen?«

»Eine Freundin.«

»Weiß sie denn Bescheid über …«

»Ja was glauben Sie denn? Sie wars doch, die mich an Sie verwiesen hat. Sie geht übrigens gerade. Bleiben Sie dran, ich bin in zehn Sekunden wieder bei Ihnen.« Sie legt den Hörer ab. Ich höre gedämpftes Lachen, dann Schritte und amüsierte Küsschen verschworener Frauen. Eine Tür öffnet sich und schließt sich wieder. *Die Stimme* kehrt zurück.

»So. Sie ist weg. Sind Sie nun zufrieden?«

»Ja.«

»Wie gehts heute Abend?«

»So lala.«

»Sind Sie sauer?«

»Nein … Warum das denn?«

»Mir scheint, Sie spielen den schüchternen Liebhaber … In Ihrem Alter müssten Sie doch längst wissen, dass das nicht unbedingt die beste Methode ist, Frauen zu gefallen!«

»Woher wissen Sie, wie alt ich bin?«

Die Stimme lacht. »Aber, mein Bester, dazu muss ich doch wirklich nicht Privatdetektiv sein! Jeder kennt Sie hier im Viertel! Ich hab Sie schon hundert Mal im *Raspail Vert* Ihr Halbes trinken sehen.«

»Da bin ich noch vor einer Viertelstunde gewesen.«

»Sehen Sie!«

»Ziemlich ärgerlich, dass Sie nicht vorbeigekommen sind!«

»Weshalb?«

»Wir hätten bei einem Glas ein bisschen plaudern können.«

»Sie sind wirklich ein Dickkopf! Ich sagte Ihnen doch schon, dass ich Sie nicht treffen möchte, bevor Sie Ihren Job beendet haben. Andererseits …«

Die Stimme ist, soweit das möglich ist, noch träger und lasziver geworden. Wie vorhin, als ich sie das erste Mal hörte (was erst am frühen Abend war, mir aber so vorkommt, als wäre es Monate her …), beschwört sie in mir das Bild einer blonden Achsel, die sich reckt und dabei die Brust anhebt und gleichzeitig ein wenig strafft …

»Andererseits …«, sage ich, ohne verhindern zu können, dass meine Stimme quakt.

»Andererseits hab ich darauf gewartet, mit Ihnen allein zu sein, um Sie fragen zu können, ob Sie nicht Lust hätten …« Ein weiteres Mal bleibt der Satz in der Schwebe … Ich habe das dunkle Gefühl, dass *Die Stimme* mich zum Narren hält … und trotzdem kann ich es nicht erwarten zu hören, was sie sagen wird …

»Lust worauf …«, frage ich.

»Lust, mit mir am Telefon Liebe zu machen?«, sagt die Stimme so sanft und so zärtlich, wie jene Worte, so kommt es mir vor, die eine erregte Frau Ihnen in dem Augenblick ins Ohr flüstern kann, wenn Sie in sie eindringen.

Wie zuvor bin ich einen Augenblick konsterniert, ich weiß nicht, was ich antworten soll ... vielleicht schnaufe ich ins Telefon ...

»Haben Sie verstanden?«, sagt *Die Stimme,* kaum weniger sanft.

»Ja ...«

»Sie werden mich für etwas verrückt halten ...« In ihrem Ton schwingt eine Spur Demut mit. »Aber bei diesem schönen Wetter ... am Ende dieses schönen Tages ... vorhin ... als es Nacht wurde ... da hab ich meine ganze Geschichte überdacht ... zwischen diesen beiden Männern ... zwischen dem, der mich morgen zum letzten Mal lieben wird ... und dem anderen, mit dem ich von morgen Abend an vögeln werde ... Das hat ... wie soll ich sagen ... meine Fantasie erhitzt ... Und da hab ich mir gesagt, vielleicht würden Sie ... um mir darüber hinwegzuhelfen, was mich quält ... ja einwilligen, dass wir versuchen, uns mit Worten zu lieben ... Genau deswegen hab ich ja auch seit neun Uhr pausenlos bei Ihnen angerufen ... Dann ist Charlotte vorbeigekommen, um eine Tasse Kaffee zu trinken ... Charlotte ist die Freundin, die Sie eben haben lachen hören ... Ich hab ihr erzählt, was ich dachte ... Wissen Sie, wie sie reagiert hat? ... Sie hat sofort angefangen, mir die Brüste zu streicheln ... Ich muss Ihnen dazu sagen, dass ich äußerst empfindliche Brüste habe, das weiß sie ... Und dann hat sie mir vorgeschlagen, ich soll mich doch auf das Kanapee legen, das hier im Zimmer steht ... und meinen Rock bis zur Hüfte hochziehen ... Bei der Hitze heute hab ich einen langen, leichten und sehr weiten Rock angezogen ... Und dann wollte sie sich zwischen meinen Beinen auf die Knie niederlassen ... Und mich lecken ... Vor einiger Zeit haben mich Frauen ziemlich angezogen, aber seit letztem Jahr ist mir das vergangen, ich kann nur noch mit Männern kommen … Das hab ich ihr auch gesagt, und sie wollte gerade gehen, als sie abgenommen haben … Also, wenn Sie möchten, dass wir noch ein bisschen am Telefon zusammenbleiben, ich bin bereit … So … Das Kabel ist sehr lang … Ich hab mich gerade aufs Kanapee gesetzt … Ich ziehe meinen Rock nur ein ganz klein wenig höher, für den Augenblick jedenfalls … Ich hab ihn bis zu den Knien hochgezogen … Aber ich hab die Beine schon ziemlich gespreizt … Ich muss Ihnen sagen, dass meine Beine nackt sind … Ich hoffe, das langweilt sie nicht … Falls Sie es aber vorziehen, dass ich schwarze Strümpfe trage, dann kann ich welche überstreifen … So könnten Sie mich zwingen, sie auszuziehen … Ich muss Ihnen sagen, dass ich eine sehr weiße Haut habe … vor allem die Knie, die Schenkel … Hallo? … Hallo? … Aber … Sind Sie noch dran? … Hören Sie mich?«

Ich höre sie. Ich möchte, dass diese Unterhaltung weitergeht. Ich spüre, dass dieses Luder zumindest am Telefon zu allem bereit ist … Dass sie mit diesem Spielchen bestens vertraut ist und die richtigen Worte zu gebrauchen weiß … Genau das anzusprechen versteht, was Männer mit Frauen zu tun begehren … Die einfachsten Handlungen, aber auch die schmutzigsten … Die erlaubten und die verbotenen … All das möchte ich, doch jetzt habe ich den Eindruck, manipuliert zu werden … Dass diese verdrehte Puppe mich mit aller Gewalt zu beschwatzen versucht, etwas unentgeltlich anzunehmen, wofür ich im Nachhinein teuer bezahlen müsste. Ganz behutsam lege ich den Hörer auf.

Zehn Sekunden vergehen. Es läutet wieder. Ich höre den Anfang eines Satzes. »Ja sagen Sie mal, Sie blöder Schweinehund …« Ich lege erneut auf. Weitere zehn Sekunden, erneutes Klingeln. Ich lasse es läuten. Und gehe schlafen.

2

Ich schlafe schlecht. Ich spüre, dass ich mich in eine faule Sache stürze und dass der Tag hart wird. Um sechs Uhr auf den Beinen. Um halb sieben gehe ich zum Gare Montparnasse, wo die Zeitungen bereits ausgeliefert sind und die Kneipen schon geöffnet haben. Doppelter Kaffee, Morgenlektüre. Die Presse ist zum Davonlaufen, die Franzosen, die Zeit, die Schlagzeilen – alles zum Davonlaufen. Unbehagen, Elend, Beklemmung, Ausgrenzung. Furcht, Angst, Schrecken, Entsetzen, Schnauze voll. Die Minister korrumpieren, die Abgeordneten veruntreuen, die Sekten rekrutieren, die Banlieues revoltieren, Autos brennen, Friedhöfe werden geschändet, Kindergärten verdreckt, Schulen zerstört, Gymnasien verwüstet, die Wirtschaftskriminalität bricht alle Rekorde, rivalisierende Banden bekämpfen sich mit Messern, Teppichklingen, Baseballschlägern, Jugendliche werden für nichts und wieder nichts getötet. Verteufelte Einwanderer, Gauner in weißen Hemden, flammende Faschisten, falsche Rechnungen, Tränengasbomben, Revolver mit Streumunition, Elektroschock-Knüppel, Stellmesser, Erpressungen, Massenvergewaltigungen, Serienkiller, Sextouristen, Pädophile, Politiker auf der Flucht, eingemauerte junge Mädchen. Bälger werden beseitigt wie lästiger Abfall. Ich kaufe regelmäßig die fünf Morgenzeitungen. Hake die Artikel Zeile für Zeile ab. Auf diese Weise habe ich schon eine ganze Menge Fälle aufgegabelt.

Heute aber kommt der Fall selbst zu mir … Ich spüre, wie er auf leisen Sohlen naht … Könnte schon sein, dass das Ganze für den Exbuchhändler, Privatdetektiv Follope, kein Kinderspiel wird! Vorsicht, Follope! Vorsicht! … Ich falte die Käseblätter wieder zusammen, stopfe sie in meinen Kittel, mache mich über den Boulevard Edgar-Quinet auf den Rückweg, an der Mündung der Rue du Montparnasse, genau an der Ecke, wo die Filiale des

Crédit Lyonnais liegt, hat ein bärtiger Kerl so um die dreißig bereits seinen Stammplatz eingenommen, mitten auf dem Trottoir, eine Bettlerschale vor sich und ein großes Schild vor der Brust:

ICH SCHÄME MICH
DOCH ICH HABE HUNGER!

Und zwangsläufig – allerdings nicht unerwartet – treffe ich an der Ecke meiner eigenen Straße auf ein Grüppchen Behinderter, die dort gerade ein Plauderstündchen halten ... Um ein Haar wäre ich über eine von ihnen gestolpert. Ich entschuldige mich, spüre aber in meinem Rücken die zornigen Blicke ... *Pardon!* ... *Sorry!* ... *Bedaure!* ... Ich habs nicht absichtlich getan, meine Schätzchen! ... Bin im Moment vielleicht ein bisschen ängstlich, hab sonst aber ein gutes Herz! ... Der Stress ist eben unser aller Los ... Ihr habt eure Sorgen, ich habe meine. Wer würde sein Schicksal ohne Zögern gegen das eines anderen tauschen? ... Immerhin schlitzen sich ja sogar Prinzessinnen die Pulsadern auf oder stürzen sich vom obersten Treppenabsatz, wie man so hört! Nur keine kindischen Illusionen! In der eigenen Haut fühlt man sich doch noch am wohlsten! ... Dieser Gedanke besänftigt mich, und letztlich komme ich heiter und gelassenen Schrittes vor meiner Haustür an. Um fünf vor acht sitze ich wieder an meinem Schreibtisch, die Hand über dem Telefon in der Schwebe. Punkt acht klingelt es. Ich lasse die Hand auf den Apparat fallen, hebe ab, führe den Hörer an mein Ohr. *Die Stimme.*

»Hallo?«

»Hallo ...«

»Ich bins.« Die Stimme klingt eisig-erzürnt. »Was ist gestern Abend eigentlich in Sie gefahren, den Hörer einfach so hinzuknallen?«

»Weiß nicht.«

»Doch, Sie wissen es.«

»Eine Eingebung.«

Die Stimme klingt eisig-erzürnt-wutschnaubend. »Schweinehund. Ich hatte doch Lust, am Telefon Liebe zu machen.«

»Ich nicht.«

»Doch, Sie hatten auch Lust auf Liebe mit mir, das hab ich gleich bei unserem ersten Telefongespräch gespürt.«

»Möglich.«

»Sagen Sie nicht ›Möglich‹, Sie alter Bock, ich weiß, dass es stimmt.«

»Stimmt, Liebe mit Ihnen, aber eben nicht am Telefon. Liebe mit Ihnen, aber in echt.«

»Da können Sie sich zehntausend Jahre den Stiel polieren, bevor ich mit Ihnen richtig Liebe mache! Mit Ihnen war das schon per Telefon zu viel. Das hab ich mir die ganze Nacht zum Vorwurf gemacht, altes Arschloch.«

»Sie selbst, teure Freundin, gehören zur Gattung der Arschlöcher, egal ob jung oder alt, aber nicht ich.«

»Behalten Sie Ihre Nettigkeiten für sich. Das werden Sie noch bereuen.«

»Machen Sie sich nicht böser, als Sie sind … Ist doch möglich, dass wir uns eines Tages auf dem Kopfkissen wieder finden …«

»Da können Sie Gift drauf nehmen. Eines nahen Tages werden Sie vor mir auf dem Boden kriechen! Das zahle ich Ihnen heim, aber wie!«

Stille tritt ein.

Ich höre, wie ihre Wut mir durch den Hörer in die Ohren pfeift, und bin mir sicher, dass sie es ernst meint. Shakespeare sagt, nichts reiche an den Hass einer zurückgewiesenen Frau heran, und offenbar erweist sich diese Regel auch dann als richtig, wenn sich einer weigert, am Telefon zu lieben. Kalter Schweiß rinnt mir den Rücken hinunter, denn ich begehre diese Frau auch weiterhin, obwohl ich nicht daran zweifle, dass sie, falls sie mir eine Fellatio vorschlägt und ich einwillige, mir mit einem kräftigen Biss den Schwanz durchtrennen würde. Tief durchatmend, zähle ich bis zehn, um irgendwie meine Fassung wiederzugewinnen, und starte erneut durch.

»Sind Sie noch dran?«

Die Stimme ist wieder ruhig, positiv geworden. »Ja.«

»Wir werden uns doch nicht unser ganzes Leben lang anschnauzen?«

»Nein.«

»Lassen Sie uns also Klartext reden: Gilt Ihr Auftrag für heute Nachmittag noch, ja oder nein? Wenn ja, werd ich ihn bestmöglich ausführen. Wenn Sie es aber vorziehen, jemand anderen damit zu betrauen, stecke ich Schlüssel, Foto, Geld, Fahrschein und Brief auf der Stelle in einen Umschlag und hinterlege diesen auf Ihren Namen im *Raspail Vert.*«

»Die Antwort ist ja. Der Auftrag gilt weiterhin.«

»Sie sagten, Sie wohnen in meiner Nähe. Vielleicht sogar in meiner Straße, vermute ich …«

»Nein. Meine Wohnung liegt auf der anderen Seite des Boulevard Montparnasse. Ganz in der Nähe. Aber versuchen Sie nicht, mir die Würmer aus der Nase zu ziehen. Ich werde Sie um zehn vor fünf anrufen und Ihnen die genaue Adresse durchgeben. Sie werden Punkt fünf da sein und diese Bilder machen. Lassen Sie sie gleich entwickeln, und seien Sie dann um einundzwanzig Uhr im *Raspail Vert.* Dort treffen Sie mich, händigen mir die Fotos aus, und ich geb Ihnen, was ich Ihnen schulde.«

»Darf ich Ihnen dann ein bisschen den Hof machen?«, wage ich mich vor.

»Sie sind lästig, das hat ja kein Ende mit Ihnen! Sie werden für Ihre Arbeit entlohnt, doch das, was Sie mir gestern Abend angetan haben, wird Sie noch teuer zu stehen kommen, das garantiere ich Ihnen!«

»Hören Sie, Estelle …«

»Es wird noch Blut fließen. Sie werden mit Blut bezahlen, alter Trottel. Haben Sie das nicht kapiert? Sie werden mit Blut bezahlen!« Sie legt auf.

Wie soll dieser Tag bloß weitergehen, ich weiß es nicht. Ich drehe mich im Kreis, bin wie ein Bär im Käfig. Ich habe große Lust, alles hinzuschmeißen und Brief, Schlüssel, Foto nebst Geld ins *Raspail Vert* zu tragen, und dann denke ich, dass das feige wäre, ich werde doch vor den Drohungen einer Frau nicht klein beigeben!

Die Zeiger meiner Armbanduhr scheinen von jäher Lähmung befallen, rücken letzten Endes aber doch weiter! … Mittag. Fünfzehn Uhr. Sechzehn Uhr. Sechzehn Uhr fünfzehn. Sechzehn Uhr dreißig. Sechzehn Uhr fünfunddreißig. Sechzehn Uhr vierzig. Sechzehn Uhr fünfundvierzig. Sechzehn Uhr fünfzig. Telefon.

»Hallo, sind Sies?«

»Ich bins.«

»Notieren Sie. 23, Rue de la Grande-Chaumière, erster Stock, hintere Tür. Das Wohnhaus hat keine Concierge. Die Eingangstür zur Straße wird durch ein Tastenfeld bedient. Der Code lautet 31 A 95. Ich wiederhole: 31 A 95. Sie müssen Punkt siebzehn Uhr in Aktion treten, mit einem Spielraum von plus/minus zehn Sekunden. Wie spät ist es auf Ihrer Armbanduhr?«

»Sechzehn Uhr zweiundfünfzig.«

»Genau wie auf meiner. Perfekt. Wiederholen Sie bitte meine Instruktionen.«

»23, Rue de la Grande-Chaumière. Erster Stock. Hintere Tür. Code 31 A 95. Aktion Punkt siebzehn Uhr.«

»Ihnen bleiben sechs Minuten. Verpatzen Sie die Fotos nicht! Bis heute Abend, einundzwanzig Uhr, im *Raspail Vert*.«

Ich stecke meine kleine Nikon Autofokus Weitwinkel, eingestellt auf Serienaufnahme, in die Tasche und gehe. Um sechzehn Uhr sechsundfünfzig bin ich an der Kreuzung Vavin/Boulevard Montparnasse, um sechzehn Uhr achtundfünfzig habe ich sie überquert, um sechzehn Uhr neunundfünfzig gebe ich in der Rue de la Grande-Chaumière den Code ein, um sechzehn Uhr neunundfünfzig und fünfzig Sekunden habe ich die Treppe erklommen, stehe auf einem schmalen Treppenabsatz mit drei Türen und gehe auf die hintere zu.

Siebzehn Uhr.

3

Ich führe den Bricard behutsam in das Schloss, der lange Bart gleitet lautlos hinein, ich drehe noch eine Viertelumdrehung weiter, um den Riegel zu bewegen und los! Schon reiße ich die Tür auf, stehe Knall auf Fall im Zimmer und erfasse die Szene mit einem Blick: Vor mir steht ein großes Bett, es ist nicht zerwühlt, vielmehr ist es leer, das Mädchen liegt nicht darauf, es liegt daneben, leicht rechts davon, ich erkenne es sofort, der Kopf ruht auf einem Teller, der selbst wiederum auf einer kleinen Kommode in der Nähe des Fensters steht. Das Mädchen wurde genau in halber Halshöhe enthauptet. Auf dem Bett eine riesige Blutlache und überall Blutspritzer, an den Wänden, an der Decke. Die Kleine hat exakt dasselbe Gesicht wie auf dem Passbild, auf dem ich sie so schön gefunden habe, nur ihr schönes schwarzes Haar ist ein wenig in Unordnung, und ihr großer Mund mag etwas verkrampft erscheinen, sie sieht mich mit ihren großen toten Augen an. Aber … hat sie da nicht irgendetwas im Mund? … Ich trete näher. Ja, natürlich, man hat ihr ein Bahnbillett zwischen die Zähne gestopft, das hätte ich mir ja denken können! Sollte ich die langwimperigen Lider über diesen schönen Augen zudrücken? Ich kann es nicht. Vielleicht sollte ich aus diesem Zimmer fliehen und andere diesen Mord entdecken lassen. Aber das kann ich ebenso wenig. Stecke ich nicht sowieso schon in der Sache drin? Also bleibe ich.

Erste Frage: Wo ist der Körper? … Ich sage mir, dass der Körper sehr wahrscheinlich in der Badewanne liegt, wo man, wie es die Tradition will, gemeinhin Frauen niederlegt, die man zerstückeln will. Ich betrete das kleine Bad, das nur durch einen Vorhang von dem Zimmer getrennt ist – nichts. Gehe mit klopfendem Herzen zurück, sehe unter dem Bett nach – nichts. Gehe drum herum, an der gegenüberliegenden Wand, vis-à-vis der Kommode, befindet sich ein Wandschrank, ich schaue hinein – nichts. Gut, der Körper ist folglich nicht hier, meine Knie werden weich, ich lasse mich auf die Ecke des Betts fallen, die nicht allzu blutverschmiert ist, hole mein Handy heraus, mit dem ich mich bei Ermittlungen stets wappne, ich wähle die 17, die Nummer der Polizei, gefolgt von der 17-14, der Nummer des Polizeireviers in der Rue Delambre, die mir Kommissar Aimé Jovial irgendwann verraten hat, und sage in wenigen Worten, was ich zu sagen habe.

»Wir kommen.«

Uff! Der Druck lässt nach. Ich habe das Gefühl, einen Keulenschlag ins Genick bekommen zu haben, lasse mich nach vorne sinken, die Hände auf den Knien, vier oder fünf Minuten vergehen, dann höre ich die Polizeisirene, der Lärm schwillt an, lässt die Wände erzittern. Natürlich hat der Wagen mitten auf der Straße vor dem Wohnhaus gestoppt, an den typischen Geräuschen erkenne ich sofort, dass es nicht der kleine Peugeot ist, sondern der große Transporter. Eine Tür knallt zu, schwere Schritte erschüttern die Treppe, ich rapple mich mühsam wieder auf die Beine und sehe zwei Inspektoren ins Zimmer treten, der eine sehr groß, der andere ziemlich klein. Ich kenne die beiden gut, es sind meine Nachbarn.

Sie halten einen Moment auf der Schwelle inne, checken die Szene mit einem Blick, schließen die Tür hinter sich, kommen ein paar Schritt auf mich zu und bleiben stehen. Ich kann nicht verhindern, dass mein Gesicht einen ängstlichen Zug bekommt. Die beiden haben sich im Viertel einen gewissen Ruf erworben. Jeder weiß, dass sie als Team arbeiten und dass sie das gefürchtetste Team im ganzen Sektor sind.

Der erste ist ein Hüne von fast zwei Metern mit übermächtigem Rumpf und einem Kopf so groß wie ein Tennisball. Auf diesen gelben Kopf, den ein paar Büschel rötliche Haare krönen, wurden, so scheint es, mittels Hefter zwei farblose Glubschaugen befestigt, die ebenso bar allen Ausdrucks sind wie der Anus eines mit Idiotie geschlagenen Tintenfischs.

Der zweite ist klein, ein dunkelhaariger, schmächtiger Typ, mit regen Augen und dem unruhigen Mund eines Wiesels. Die eine Schulter steht höher als die andere, und er hält sich gekrümmt, halb bucklig, den Bauch herausgedrückt.

Bis vor ein paar Jahren ging man in der Pariser Polizei noch auf anonyme Weise zu Werke, doch seit einiger Zeit machen es sich die Inspektoren unter dem Einfluss der im Fernsehen wieder und wieder gezeigten amerikanischen Serien zur Gewohnheit, sich gewöhnlichen Zivilisten in der Art angelsächsischer *inspectors* vorzustellen. Was im gegebenen Fall besonders komisch ist, weil ich die beiden gut kenne und sie dies ja auch wissen.

»Ich bin Oberinspektor Mornios«, verkündet der Hüne mit säuerlicher Fistelstimme, »und dies hier ist mein Kollege, Inspektor zweiter Klasse Le Têtard.«

»Sehr erfreut«, antworte ich vorsichtig, während ich mich schon frage, wie sich die Dinge entwickeln werden.

Die beiden Ani starren mich ohne zu blinzeln an, der Tennisball öffnet abermals den Mund, welcher nicht größer als ein Zehn-Franc-Stück ist, und die säuerliche Fistelstimme fragt: »Waren Sie das, der angerufen hat?«

Ich zeige mit der Hand auf den Kopf auf der Kommode. »Nein«, sage ich. »Das war der Kopf.«

Der Rumpf des Hünen rührt sich nicht, aber sein rechter Arm schnellt vor wie ein Tentakel, und ich bekomme eine Faust aufs Maul, die aus vierzehn Presslufthämmern bestehen könnte. Ich werde nach hinten geschleudert und pralle gegen die Wand. Einen Moment lang glaube ich, ich würde mit dem Rücken daran kleben bleiben, so untrüglich ist das Gefühl, meine ganzen Knochen müssten zu Leim geworden sein, doch ich rutsche langsam wieder runter und finde mich schließlich lang gestreckt auf dem Fußboden wieder.

»Eins zu null, Chef«, sagt der Bucklige. »Das erinnert mich an die Freistöße von Platini.«

»Suchen Sie den Körper, Le Têtard!«, gebietet der Hüne mit dünner und schwacher, doch keine Widerrede zulassender Stimme. »Ich informiere die Zuständigen.«

Der Bucklige geht zur Kommode und öffnet vorsichtig die erste Schublade, als könne der enthauptete Leichnam daraus hervorspringen. Der Hüne hakt ein Handy von seinem Gürtel und ruft die diversen in einem solchen Fall betroffenen Dienste an. Ich komme mühselig wieder auf die Füße. Der Bucklige schaut in die anderen vier Schubladen der Kommode, schaut in den Wandschrank, schaut ins Nachtschränkchen, schaut unters Bett, geht das Badezimmer inspizieren, schaut in die Toilette und kommt zurück, um zu berichten: »Der Körper fehlt, Chef.«

Der Hüne hat zu Ende telefoniert, er geht nun ebenfalls zur Kommode, schaut sich den abgeschnittenen Kopf aus nächster Nähe an, wobei er sorgsam darauf achtet, ihn nicht zu berühren, er richtet sich wieder auf, sieht mich an und sagt zu mir: »Hübsches Mädchen. Schade, dass sie enthauptet ist.«

»Stimmt«, sage ich, fest mit einem weiteren Tentakelhieb rechnend.

Ich kann mich nicht erwehren, leicht zurückzuzucken, und der Hüne meint in gutmütigem Ton zu mir: »Was ist los, kleiner Schwachkopf? Hat man etwa Angst vor den Flics?«

»Nein.«

»Haben Sie sie enthauptet?«

»Nein.«

»Waren Sie dabei, als man sie enthauptet hat?«

»Nein.«

»Wissen Sie, wer sie enthauptet hat?«

»Nein.«

»Haben Sie sie schreien hören?«

»Nein.«

»Im Grunde haben Sie sich also rein zufällig hier befunden?«

»Nein.«

»Antworten Sie immer mit Nein, wenn man Ihnen Fragen stellt?«

»Nein.«

Der Hüne kehrt mir den Rücken zu und wendet sich erneut an den Buckligen. »Inspecteur Le Têtard«, sagt er, »dieser Mensch hier, in dem Sie unseren Nachbarn, den Privatdetektiv, erkannt haben, enthält Informationen, die wir ihn auskotzen lassen werden, um damit die Ermittlungen der Polizei zu nähren. Er muss reden, ob er will oder nicht! In meiner Eigenschaft als Beamter der Kriminalpolizei beschließe ich, ihn vorläufig festzunehmen. Rammen Sie ihm den Kopf ordentlich in den Magen, verpassen Sie ihm die Armbänder, schaffen Sie ihn in den Transporter, und buchten Sie ihn mir in unserer Dienststelle ein, die liegt ja nur ein paar Schritte von seiner Wohnung entfernt, da wird er sich wenigstens nicht fremd fühlen.«

»Ja, Chef«, erwidert der Bucklige. »Nichtsdestotrotz erlaube ich mir, Sie bei allem Respekt daran zu erinnern, dass die neue Strafprozessordnung es verbietet, Zeugen zu verdreschen. Ich werd ihm also keinen Kopfstoß verpassen, und Sie haben unrecht daran getan, ihm eine zu knallen.«

»Das ist kein Zeuge, das ist ein Verdächtiger!«, brüllt der Hüne mit zornbebendem, doch sehr dünnem Stimmchen.

»Ob Zeuge, Verdächtiger, vorläufig Festgenommener … das ist gehupft wie gesprungen … Dieses ganze Völkchen wird bis zum Tag des endgültigen Gerichtsurteils, zu dem es zehn oder zwanzig Jahre nach dem Verbrechen sicher irgendwann mal kommen wird, als unschuldig erachtet, und somit hat man nicht mehr das Recht, die Leute zu kloppen.«

»Kein Wunder, dass die Gesellschaft ihrem Untergang entgegengeht!«, sagt der Hüne. »Warum sollten die Schuldigen gestehen, wenn sie ohne jedes Risiko bis zum Tag des Jüngsten Gerichts das Maul halten können? Na gut. Schaffen Sie mir Monsieur Follope vom Hals, ich kann ihn nicht mehr sehen.« Und an mich gewandt: »Mein Mitarbeiter, ein frisch gebackener Absolvent der Höheren Polizeischule, macht mich gerade darauf aufmerksam, dass ich Sie nicht hätte knuffen dürfen. Ich hab mich von einer Anwandlung der Erbitterung hinreißen lassen, die der Anblick dieser betrüblichen Enthauptung ausgelöst hat. Ich möchte Ihnen mein Bedauern ausdrücken und weise Sie darauf hin, dass Sie im Polizeirevier ein Beschwerdeheft mit durchnummerierten Seiten vorfinden werden, in dem Sie alles, was Sie am Ende ihres vorläufigen Gewahrsams für notwendig erachten sollten, niederlegen können. Dieses Beschwerdeheft wird am 31. Dezember jeden Jahres der Generalinspektion der Polizeidienste vorgelegt, mit anderen Worten der I.G.S., der breiten Öffentlichkeit besser bekannt unter dem Namen *Police des Polices* und den Eingeweihten unter dem Spitznamen *bœufs-carottes*.«

»Ist schon gut, ich mach keine große Sache draus. Wenn ich so unvermutet über den Kopf eines hübschen Mädchens stolpere, das gerade enthauptet wurde, dann verliere auch ich schon mal die Fassung.«

»Genug gefaselt, ab mit ihm.«

Le Têtard kommt näher, hakt die Handschellen von seinem Gürtel, fordert mich auf, die Hände auf den Rücken zu legen, und macht sich daran, mich zu fesseln. Da er sich dabei ziemlich abplagt, sagt der Hüne barmherzig zu ihm: »Inspecteur Le Têtard, ich erlaube Ihnen, ihm die Handschellen mit den Armen nach vorne anzulegen. Hierbei handelt es sich um eine Geste des

Entgegenkommens, die ich ausnahmsweise anzuordnen gewillt bin, da wir mit Monsieur Follope, ehemals Buchhändler, bis dato alles in allem ein gutnachbarliches Verhältnis pflegen.«

»Dafür bin ich Ihnen aufrichtig dankbar«, sage ich.

Der Hüne dreht mir den Rücken zu und widmet sich erneut der Betrachtung des abgeschnittenen Kopfes. Eine Fliege, die mir zunächst schwarz erscheint, bei näherem Hinsehen jedoch Flügel von einem tiefen, edlen, leicht ins Violette spielenden Blau besitzt, nähert sich ebenfalls dem Kopf und bleibt ungefähr zwanzig Zentimeter über ihm in der Schwebe, als wolle sie sich irgendwo niederlassen. Das erinnert mich schlagartig an damals, da ich als junger, wieder einberufener Reservist in Algerien Krieg führte und wir zu zwanzig oder dreißig in diesen riesigen amerikanischen Hubschraubern mit jeweils einem Rotorensystem an beiden Enden antanzten, die wir »Bananen« nannten. Und bevor diese Dinger dann niedergingen, um uns abzusetzen – im Djebel, über der Geröllwüste, wo die hundsgemeinen *fellouz* im Hinterhalt liegen konnten –, veranstalteten die Piloten jedes Mal eine endlos lange Positionsbestimmung – was der ideale Zeitpunkt war, sich einfach herunterholen zu lassen, ohne irgendetwas zur eigenen Verteidigung unternehmen zu können … Da ist es mir schon mal passiert, dass ich mir vor Bammel in die Hosen gepisst habe, und jetzt stehe ich hier ganz knapp davor, es genauso zu machen!

»Hee, träumen Sie?«, fragt mich Le Têtard. Er fordert mich auf, die Hände nach vorn zu nehmen, verpasst mir die Armbänder, und schon finden wir uns auf der Straße wieder. Vor dem Wohnhaus steht, halb auf dem Trottoir geparkt, ein Polizeitransporter. Und gegen die Motorhaube gelehnt, lümmeln zwei junge Flics herum. Als wir aus der Tür kommen, richten sie sich auf und kommen nonchalant auf mich zu.

»Was ist denn das?«, fragt einer der beiden, ein hübscher Blonder, während er mir den Zeigefinger in den Magen bohrt. »Der Mörder oder das Opfer?«

»Das ist ein Verdächtiger«, sagt Le Têtard. »Anfassen verboten! Wir werden ihn vorläufig festnehmen und mal versuchen, herauszufinden, was da so alles in dem Kerl drinsteckt. Bringt mich zum Revier, und dann fahrt ihr mich wieder her.«

»Bleibt der Chef noch ein bisschen hier?«

»Ja. Er befragt gerade einen abgeschnittenen Kopf.«

»Komm, Süße«, sagt der Flic zu mir. Er packt mich vorne am Hemd und katapultiert mich in den Transporter, dessen Schiebetür die ganze Zeit offen stand. Ich fange mich halb groggy auf der Seitenbank wieder auf. Le Têtard setzt sich neben mich. Die Schiebetür schließt sich, die beiden Flics springen vorne rein, und der Transporter düst auf den Radkappen in Richtung Polizeirevier ab, das ungefähr dreihundert Meter entfernt liegt.

Wir steigen aus. Le Têtard geht hinter einen Tresen und lässt mich meine Personalien aufsagen. Er ergänzt ein bereitliegendes Formular, wonach ich jetzt als vorläufig festgenommen gelte. Dann schiebt man eine Art Metallkorb, Sorte Einkaufskorb im Supermarkt, vor mich hin, in den ich auf Le Têtards Aufforderung hin alles, was sich in meinen Taschen befindet, hineinzulegen habe, also Brieftasche, Schlüssel, Handy, Fotoapparat, Kamm, Kleingeld, Metrotickets etc., außerdem noch meinen Gürtel, meine Schnürsenkel und meine Krawatte, falls ich eine habe. Ich habe keine, aber alles andere habe ich und lege es also in den Korb. Meine Hose hält nicht mehr ganz so toll ohne Gürtel, also muss ich sie mit einer Hand festhalten, während der Inspektor sämtliche Gegenstände im Korb mit geduldiger Sorgfalt in einem Verzeichnis vermerkt.

Als er fertig ist, verlangt er von mir, die Aufstellung zu unterschreiben, ich unterschreibe, er vertraut den Korb einem jungen Flic an, der sich ebenfalls hinter dem Tresen aufhält und nunmehr mit dem Korb in einen Gang verschwindet, der sich zur Rechten auftut.

»Das ist ja alles bestens!«, sagt Le Têtard zu mir, nachdem Flic samt Korb verschwunden ist. »Ich werde Sie jetzt zu Ihrem Käfig bringen, aber zuvor müssen wir noch eine allerletzte Formalität erledigen.«

»Ach ja, und welche?«

»Nun ja, mein Herr, als Bürger der République française sind Sie Angehöriger eines mit Fug und Recht so genannten ›Rechtsstaats‹ ... Nebenbei bemerkt, gibt es deren nicht allzu viele auf der Welt ... Und folglich haben Sie allerlei Rechte, die die Polizei aufs Gewissenhafteste zu achten bemüht ist, zum Beispiel ...«

»Zum Beispiel?«

»Zum Beispiel: Bevor Sie für eine vorläufige Festnahme in den Käfig gesteckt werden, haben Sie das Recht, den Beweis zu erbringen, dass Sie weder Drogen noch Waffen bei sich tragen, und infolgedessen haben Sie das Recht, die kleine Formalität hinter sich zu bringen, die wir Leibesvisitation nennen. Ja, Leibesvisitation ... Wissen Sie, was das ist, Monsieur Follope?«

»Ich kann es mir vorstellen ...«

»Umso besser! Viele Leute glauben, es zu wissen, wissen es aber nicht, und so ist es bisweilen etwas delikat, es ihnen zu erklären ... Da Ihnen die Sache allerdings geläufig ist, wird das Ganze wie geschmiert vonstatten gehen.«

Ich weiß, was eine Leibesvisitation ist, doch tatsächlich weiß ich es erst seit kurzem. Wie viele Franzosen, so vermute ich, glaubte ich ganz treuherzig, diese Prozedur bestehe darin, dass die Polizisten einem die Kleider filzen, um sich zu vergewissern, dass man weder Waffen noch Drogen bei sich trägt, wie es Le Têtard gerade eben klargestellt hat.

Nun habe ich aber just vor sechs oder sieben Monaten durch einen Leserbrief in *Le Monde* erfahren, was genau das Ganze bedeutet! Der Leser oder besser gesagt: die Leserin, die *Le Monde* ihre misslichen Erlebnisse erzählt hatte, berichtete damals in allen Einzelheiten, wie sich eine Leibesvisitation heutigentags in Paris so abspielt. Diese junge Frau, eine ehrbare Bürgersfrau und Arztgattin, glaube ich, hatte an einem friedlichen Frühlingsnachmittag ihr Töchterchen von der Schule abholen wollen. Sie hatte sich auf ihr Rad gesetzt, und da sie etwas spät dran war, war sie eine kleine Einbahnstraße in der verkehrten Richtung hinaufgefahren. Sie befand sich im Unrecht, gewiss, und zwei Flics, die am Ende der Straße postiert waren, hatten sie aufgefordert, vom Rad zu steigen, hatten sie darauf aufmerksam gemacht, dass sie ein Verkehrsvergehen begangen hatte, und ihre Papiere verlangt. Die hatte sie aber nicht bei sich, weil sie die für diese kurze Fahrt nicht eingesteckt hatte. Die beiden Flics kümmerte überhaupt nicht, was die Frau ihnen erklärte, dass sie nämlich ihr Töchterchen von der Schule abholen wolle und das Kind sicher äußerst beunruhigt sei, wenn es vor der Schule stehe und seine Mutter nicht da sei. Die Flics nahmen sie einfach vorläufig in Gewahrsam und brachten sie zum Polizeikommissariat. Dort verlor die Frau die Beherrschung, führte mit dem Dienst habenden Inspektor einen heftigen Wortwechsel und bekam schließlich einen Nervenzusammenbruch; und um sie zu beruhigen, legte man ihr Handschellen an, fesselte sie an ein Rohr der Zentralheizung, man erlaubte ihr nicht, sich mit wem auch immer in Verbindung zu setzen, und brachte sie dann in ein anderes Kommissariat, wo man ihr schließlich mitteilte, sie sei nun vorläufig festgenommen und müsse, bevor sie in den Käfig gesperrt werde, einer Leibesvisitation unterzogen werden.

Die Leibesvisitation besteht keineswegs darin, dass die Polizei die Kleider, welche die zu durchsuchende Person am Leib trägt, durchsucht. Besagte Person muss zunächst ihre gesamte Kleidung ablegen, die dann gesondert gefilzt wird. Die junge Frau war nun also splitterfasernackt, man zwang sie, sich an eine Wand zu stellen, sich nach vorne zu beugen, die Hände flach gegen die Wand gestemmt, ja sie musste schließlich noch die Beine spreizen. Und nachdem die Ärztin vom Dienst, zufälligerweise war an diesem Tag eine Frau eingeteilt, einen Fingerling aus Gummi übergestreift hatte, nahm diese von hinten die Anal-, Urinal- und Vaginalerkundungen vor, welche sich zwingend aufdrängen, wenn man sich ernsthaft vergewissern möchte, dass die derart penetrierte Person weder eine 6.35 noch einen malaysischen Kris oder gar vier Kilo Kokain in sich herumträgt!

Die junge Frau hatte recht lange gebraucht, sich von diesen Prüfungen zu erholen, sie hatte *Le Monde* geschrieben, *Le Monde* hatte den Brief abgedruckt, der Brief hatte eine Untersuchung der *Police des Polices* ausgelöst – doch die *bœufs-carottes* waren zu dem Schluss gelangt, dass alles im Rahmen der Legalität abgelaufen sei: In der République française gestatte der Rechtsstaat der Pariser Polizei nun einmal, Anus und Vagina eines hübschen Mädchens, das sich schuldig gemacht habe, eine Straße in verbotener Richtung befahren zu haben, sorgfältigst zu erkunden, und außerdem erlaube er besagter République nebenbei auch, der ganzen Welt das liebe lange Jahr hindurch gehörig Moral zu predigen.

»Also, kommen Sie? …«

Ich folge Le Têtard durch einen Flur, der sich gegenüber jenem auftut, in dem Korb und Flic verschwunden sind. Er führt mich in einen kleinen, fensterlosen Raum, der von einem Gitter aus Neonröhren gleißend hell erleuchtet wird. »Ziehen Sie sich ganz nackt aus«, sagt er zu mir, »legen Sie Ihre Klamotten auf diesen Hocker, in der Zwischenzeit rufe ich den Quacksalber vom Dienst.«

»Wo ist der?«

»Im Hauptkommissariat, Avenue du Maine, er müsste in fünf Minuten hier sein.«

»Na gut, dann zieh ich mich jetzt aus.«

»Bei der Polizei gibts mittlerweile ziemlich viele Ärztinnen … Wer weiß, ob nicht eine dieser Süßen herkommen wird, um Ihnen das Rektum zu kitzeln? … Die Chance haben Sie noch, Sie alter Bock!«

Er geht hinaus. Ich habe den Eindruck, er lacht sich ins Fäustchen, wie einer, der gleich einen Streich spielen will, nur wüsste ich nicht, was mir noch Schlimmeres widerfahren könnte als das, was mir seit der zweiten Hälfte dieses Nachmittags widerfährt, also lasse ich alles auf mich zukommen.

Obwohl mir gerade eingefallen ist, was die junge Frau mit der Leibesvisitation erlitten hat … (könnte es sich dabei nicht ganz einfach um eine »Vergewaltigung« handeln statt um eine Leibesvisitation?) … harre ich recht gelassen der Dinge … Jedem Mann, der seinen Militärdienst abgeleistet hat, bleibt halt ein für allemal ins Gedächtnis geschrieben, dass sein Körper der République und ihren Launen bedingungslos zur Verfügung steht. Ich ziehe mich also ganz nackt aus, und während ich dann auf den Quacksalber oder die Quacksalberin warte, mache ich ein paar Dehn- und Kontraktionsübungen im Gedärm, damit der- oder diejenige, der oder die mir die Finger sonstwo reinstecken wird, ordentlich was fürs Geld bekommt.

Schritte auf dem Gang. Eine aufgekratzte Stimme: »Na, wo ist denn jetzt diese Schnalle?« … Die Tür fliegt auf, ein blonder Kerl in weißem Kittel, ein eher gut aussehender Bursche um die dreißig, tritt beherzt ein, gefolgt von Le Têtard, der sich sichtlich zurückhalten muss, um nicht laut loszulachen.

»Was? … Wegen dem da?«, brüllt der Quacksalber und starrt mich mit dem Ausdruck tiefen Abscheus an.

»Oh, tut mir Leid, Doktor!«, sagt Le Têtard. »Es hat wohl irgendwo einen Übermittlungsfehler gegeben, mir hat man nämlich gesagt, es müsste ein hübsches Mädchen durchsucht werden, und jetzt ist das ein alter Mann! …« Er hüpft vor Lachen, seine diversen Auswüchse ebenfalls.

»Das werden Sie mir noch büßen, Sie dreckige Missgeburt!«, sagt der Quacksalber, ganz bleich vor Rage, zu ihm.

»Also, fangen wir jetzt an mit dieser Visitation, ja oder nein?«, frage ich und strecke ihm den langen Rücken hin.

»Nächstes Jahr, falls Sie dann noch am Leben sind«, antwortet mir der Quacksalber. Er kratzt die Kurve, knallt die Tür zu, man hört noch, wie er sich eilig im Flur entfernt.

Le Têtard frohlockt. »Ich habs ihm heimgezahlt! Ich hab diesen Idioten erwischt! … Er hat sich vor drei Wochen über mich lustig gemacht, nur weil Monsieur ja angeblich ein so gut aussehender Junge ist und ich nicht … Aber jetzt hab ich ihn drangekriegt!«

»Unter seinen Löckchen scheint er mir aber ziemlich räudig zu sein … Eines schönen Tages wird ers Ihnen heimzahlen!«

»Schon möglich, ist mir aber wurscht. Heut hab ich ihn mir jedenfalls vorgenommen, und zwar dank Ihnen. Das werd ich bis an mein Lebensende nicht vergessen. So furchtbar viel zu lachen haben wir ja bei der Polizei nicht … Los, verlieren wir keine Zeit, ziehen Sie sich wieder an. Ich werd Ihnen den Käfig eins geben, der ist der beste.«

Ich ziehe mich wieder an. Le Têtard bringt mich in die erste von drei Zellen, die auf den ersten Blick alle haargenau gleich aussehen.

»Warum ist dieser Käfig besser als die beiden anderen?«, frage ich.

»Das hab ich selbst nie erfahren, aber jedermann sagt es.«

Er buchtet mich ein.

Der Käfig ist mit Holzpritsche, Hocker und Aborteimer ausgestattet. An der hinteren Wand befinden sich ein Becken und ein Wasserhahn. Eine alte Decke liegt auf der Pritsche, und auf dem Aborteimer eine Rolle Küchenpapier. Es stinkt, in dieser Reihenfolge, nach Urin, Scheiße, Kotze, Desinfektionsmittel. Ich strecke mich auf der Holzpritsche aus, rolle die Decke unter meinem Kopf zu einem Wulst und schlafe augenblicklich ein.

Als ich wieder erwache, ist es Nacht. Der Gang wird von einer an der Decke festgemachten Funzel erhellt, die durch ein Gitter geschützt ist. Mir ist kalt. Ich habe keine Lust, erneut einzuschlafen. Ich rufe mir ins Gedächtnis zurück, was seit gestern vorgefallen ist. *Die Stimme* hat mich natürlich zum Narren gehalten, aber warum und zu welchem Zweck? Zeit vergeht, ein Flic tanzt an, nicht mehr sehr jung, die Jacke aufgeknöpft, der Nachtdienstler, vermute ich. Er hat einen Schlüsselbund in der Hand. Und schließt den Käfig auf.

»Verhör! Raus mit dir!«

Ich stehe auf. »Wie viel Uhr ist es?«, frage ich.

»Kurz vor zehn.«

»O Mann, ich hatt schon Angst, es wär drei Uhr morgens!«

»Da hast du dich aber getäuscht.«

Meine Hose haltend, verlasse ich die Zelle. Der Flic führt mich in ein recht geräumiges Zimmer, das als Büro für Inspektoren dient. Funktionales, aber geschmackvolles Mobiliar. Aktenschränke aus Metall vom Fußboden bis zur Decke. Eine große Pinnwand, wo Seite an Seite und häufig auch übereinander gut hundert Rundschreiben angeheftet sind, auf denen meine doch so müden Augen gleichwohl ein fett gestempeltes, bis ins Unendliche wiederholtes Wort erkennen:

EILT!

Ein unter Papierbergen fast zusammenbrechender Schreibtisch, zwei oder drei mittelprächtige Sessel, in der Mitte des Raums ein

Hocker. Der Hüne lehnt an einem Aktenschrank. Der Bucklige steht zwei Schritte daneben. Der Hüne glotzt mich mit seinen beiden Tintenfischarsch-Augen an, die mir vor Müdigkeit ein wenig kleiner erscheinen. Gut, dass ich etwas geschlafen habe.

»Abend, Monsieur Follope.«

»Abend, Inspektor.«

»Läuft alles glatt?«

»Nicht allzu schlecht.«

»Ich hab gerade mit Inspektor Le Têtard im *Coupole* zu Nacht gegessen und hätte Ihnen liebend gern eine Meeresfrüchteplatte vorbeibringen lassen, aber die Vorschriften bezüglich der vorläufigen Festnahme sehen nun einmal nicht vor, dass der vorläufig Festgenommene Hunger hat.«

»Zweifelsohne ein Versäumnis.«

»Das zu beheben die vorgesetzte Behörde sicher nicht versäumen wird! Sie werden sehen, bei Ihrer nächsten vorläufigen Festnahme werden Sie ein veritables Festfressen erleben. Was ziehen Sie zu Austern vor? Chassagne-Montrachet oder Sauvignon?«

»Sancerre.«

»Ein Mann von Geschmack! Beim nächsten Mal werden wir mit den Austern also Sancerre hinaufbringen lassen. Notieren Sie sich das bitte in Ihrem Schädel, Le Têtard.«

»Ist notiert, Chef.«

»Danke. Werter Follope, die Leibesvisitation war doch hoffentlich nicht allzu beschwerlich für Sie?«

»Aufgrund seiner altersbedingten Gebrechlichkeit hab ich mir erlaubt, den vorläufig Festgenommenen hiervon zu befreien«, sagt Le Têtard. Er zwinkert mir klammheimlich zu, damit ich mich über den üblen Streich, den er Quacksalber Goldlöckchen gespielt hatte, ausschweige. Ich kapiere und halte die Schnauze.

»Recht getan, Le Têtard. *Liberté, Égalité, Humanité* … von diesen drei Zitzen nährt sich die Polizei! Stimmen Sie mit mir da überein, Monsieur Follope?«

»Ganz und gar.«

»Setzen Sie sich doch bitte.«

Ich setze mich. Der Bucklige platziert sich mit dem Rücken zur Tür. Der Hüne bleibt vor mir aufgepflanzt. Er weist mich darauf hin, dass die vorläufige Festnahme keineswegs zum Ziel habe, feindselige Beziehungen zwischen Bürger und Polizei zu schaffen. Mitnichten! Vielmehr solle sie zwischen ihnen dieses unschätzbare und unabdingbare Klima gegenseitigen Vertrauens herstellen, auf dass die Wahrheit ans Licht kommen möge. Er bedaure, dass die diesbezüglich von der Staatsgewalt eingesetzte Härte von den Gerichtsuntertanen bisweilen nicht recht verstanden werde. Und er beklage, dass ein illegaler Bambulen-Kaffer ohne Papiere es letzte Woche vorgezogen habe, sich aus dem dreizehnten Stock des »Les Bosquets fleuris«, die blühenden Haine, genannten Hochhauses an der Porte de Montreuil zu stürzen, statt sich der vorläufigen Festnahme zu unterziehen. Dann informiert er mich endlich über die Ergebnisse seiner ersten Untersuchungen im anhängigen Fall. Die Enthauptete heiße Estelle Darnetal. Sei dreißig Jahre alt. Verwandte seien nicht bekannt. Sie habe seit sechs oder sieben Monaten in jenem durch eine Agentur angemieteten Einzimmerappartement gewohnt. Und ihre Miete per Scheck bezahlt. Ihr Mietkonto sei ausgeglichen. Sie habe keine Sozialhilfe erhalten, was vermuten lasse, dass sie über regelmäßige Einkünfte verfügte. Aber welche? Niemand könne dies sagen. Niemand könne sich erinnern, sie am heutigen Tag oder auch an den vorangegangenen Tagen in ihrem Haus gesehen zu haben. Niemand habe sich wegen ihres Verschwindens Sorgen gemacht, niemand habe sich nach ihr erkundigt. Die Polizei werde also in ihrer unermüdlichen Fleißarbeit fortfahren, schloss der Hüne.

»Und ich?«

»Sie bleiben bis auf gegenteilige Anordnung in vorläufigem Gewahrsam. Ich habe noch knapp zehn Stunden Zeit, bis ich Sie wissen lassen muss, ob diese vorläufige Festnahme noch länger aufrechterhalten wird oder nicht, und Sie können sich auf mich und meine Mitarbeiter verlassen, dass Ihre Rechte bis zu diesem Zeitpunkt gewahrt werden und selbstverständlich auch danach. Unverbrüchlich!«

Der alte, verbrauchte Flic taucht wieder auf, der Hüne gibt ihm zu verstehen, dass die Vernehmung beendet sei, der verbrauchte Flic bringt mich zurück in meinen Käfig, ich strecke mich erneut auf der Holzpritsche aus und schlafe wieder ein.

Ich träume. Ich träume, ich sei noch immer Buchhändler. Ich bin Buchhändler in demselben Laden, den ich geführt habe, bevor ich Privatdetektiv geworden bin, zwanzig Meter vom Polizeirevier entfernt, in der Rue Delambre auf der rechten Seite, wenn man von der Kreuzung Vavin/Montparnasse kommt. Ich habe diese Buchhandlung vor dreißig Jahren gekauft, nach dem Tod meiner Mutter, die mir ein kleines Erbe hinterlassen hatte: Meine Mutter wurde von jemandem ausgehalten, meinen Vater habe ich nie kennen gelernt. Sie wohnte auf der anderen Seite des Boulevard du Montparnasse, in der Rue Notre-Dame-des-Champs, nicht sehr weit von dem Tatort entfernt, wo Estelle enthauptet worden ist. Sie lebte ein einfaches Leben, ging selten vor die Tür und verbrachte ihre Zeit mit Lesen. Der Herr, der sie ein bis zwei Mal die Woche zum Nachtessen ausführte und mit dem ich nie geredet habe, weil meine Mutter mich, bevor er kam, auf mein Zimmer schickte. Die Wohnung war Eigentum dieses Herrn, sie umfasste mehrere streng voneinander getrennte Bereiche, in der Mitte eine Art eigenständiges Appartement, das ich mit meiner Mutter teilte, rechts davon, auf den Hof gehend, lag äußerst abgeschieden mein eigenes Zimmer mit dem zugehörigen Waschraum und auf der anderen Seite schließlich so etwas wie ein weiteres, ständig verschlossenes Appartement, das ich nie betreten habe. Besagter Herr also brachte meiner Mutter jedes Mal einen ganzen Haufen Bücher mit, die sie, nachdem sie sie gelesen hatte, an mich weiterreichte. Sie las die ganze Zeit. Sie mochte es, wenn ich las. Über diese Lektüren sprach sie nie mit mir, aber ich habe immer angenommen, dass sie mit jenem Herrn sehr viel darüber sprach, ja vielleicht sprachen die beiden sogar über nichts anderes. Ich vermute, es handelte sich um einen Herrn, der irgendwie im Verlagswesen arbeitete, um einen Korrektor, Kritiker, einen Schriftsteller vielleicht, ja warum nicht um einen Buchhändler? Ich habe meine ganze Jugend so zugebracht, mit Lesen, Träumen, ein Leben lebend, in dem sich nichts ereignete – mit Ausnahme der Abenteuer, die sich in den Büchern abspielten! Dann habe ich meinen Militärdienst abgeleistet und bin wieder zurückgekehrt, in dieses beständige Halbdunkel, das in jenen Räumen herrschte, ich habe wieder angefangen, still an der Seite meiner Mutter zu leben, ohne so recht zu wissen, warum. Meine Mutter alterte nicht. Sie war schlank. Sie trug stets Schwarz. Wir konnten eine ganze Woche verbringen, ohne auch nur ein einziges Wort mehr zu wechseln als die unvermeidlichen Dinge wie: guten Tag, hast du gut geschlafen, willst du essen, hast du Durst, es ist spät, gute Nacht. Der Herr kam wie eh und je. Wenn er es nicht war, war es wohl ein anderer. Ich glaube aber doch, dass er es war, weil das Hin und Her von Bücherpaketen weiterging. Während meiner Armeezeit ging ich öfters ins Bordell. Dann sind ich und ein Kumpel, den ich später aus den Augen verlor, mit zwei Schwestern gegangen. Die beiden waren nur ein Jahr auseinander, sie glichen sich. Sie waren fröhlich, unbeschwert. Sekretärinnen beim Nationalen Sportinstitut im Bois de Vincennes. Sie lebten zusammen, in einem kleinen Zweizimmerappartement in Saint-Mandé. Wir hingegen waren in Wohncontainern eingepfercht, die die Armee auf das Brachland hinter dem *Hippodrome* gestellt hatte.

Eines Abends dann, wir hatten getrunken, es war bereits nach Mitternacht, und die beiden rechneten nicht mit uns, wollten wir sie überraschen. Wir sind bei ihnen aufgekreuzt: Sie haben uns geöffnet, wir gingen in unsere jeweiligen Zimmer, ich musste irgendwann auf die Toilette, habe mich in der Tür vertan und bin an das Bett geraten, in dem mein Kumpel mit der anderen Schwester lag. Ich wollte mich entschuldigen, sie haben nur gelacht: Komm doch! Wir rutschen zusammen! Wir machen uns schon Platz! … Als der Schwester, die auf mich wartete, klar geworden war, dass ich nicht zurückkommen würde, kam sie schließlich dazu. Wir haben die Nacht zu viert verbracht, am nächsten Morgen sind die beiden Schwestern nicht ins Institut und wir beide nicht ins Quartier eingerückt, wir sind drei volle Tage im Bett geblieben, bei geschlossenen Fenstern, haben nur getrunken und gegessen und wie die Verrückten gebumst, als existiere der Rest der Welt nicht. Aber dann war alles vorbei, die beiden Schwestern haben Schluss gemacht, sie wollten uns nie wieder sehen, sie haben gesagt, wir wären zwei wirklich säuische Kerle, und sie würden sich den Rest ihres Lebens gedemütigt und besudelt fühlen. Zum Glück habe ich die ganzen drei Tage über Fotos gemacht. Ich schaue sie mir noch manchmal an. Die Mädchen sehen nicht so aus, als würden sie sich langweilen. Verrückte Welt. Zwei Jahre später ist meine Mutter gestorben. Ich habe sie auf dem Friedhof Montparnasse einäschern lassen. Ich war allein bei dieser Zeremonie.

Anschließend hat mich ein mir unbekannter Notar zu sich bestellt. Er sagte, ich könne noch einen Monat in der Wohnung bleiben, müsse aber nach Ablauf dieser Frist die Schlüssel bei ihm abgeben. Ich sagte zu, sie sogar schon früher zu bringen, weil ich mit Ausnahme meiner eigenen Sachen alles wegzuwerfen, alles zu verscherbeln gedachte. Daraufhin öffnete er einen großen Umschlag und sagte zu mir: Ihre Mutter hat ein Testament hinterlassen, da sind zweihunderttausend Francs in bar für Sie. Sollten Sie Interesse haben – und nur unter dieser Bedingung –, können Sie Eigentümer einer kleinen Buchhandlung – Geschäft samt Immobilie – werden, die überdies zwei Wohnräume umfasst und ganz in der Nähe, Rue Delambre, liegt. Ich willigte ein. Den Monat darauf hatte ich mich schon eingerichtet. Das Ganze ist zwanzig Jahre lang sehr gut gelaufen, dann haben die Leute in kurzer Zeit praktisch aufgehört zu lesen. Das Geld reichte hinten und vorne nicht mehr, und ich hätte wohl alles verloren, wenn ich auch nur ein paar Monate so weitergemacht hätte. Ich war besorgt. Eines Abends schließlich, ich hatte den gesamten Nachmittag nicht einen einzigen Kunden gehabt und las gerade zum x-ten Mal einen alten Krimi, um die Zeit bis zum Abendessen totzuschlagen, da sagte ich mir: Ich bin blöd, ich halte die Lösung in Händen, ich gebe den Buchhandel auf und werde Privatdetektiv, das wird haargenau dieselbe Welt sein, aber statt sie zu erträumen, werde ich sie erleben!

Ich träume also. Ich träume, ich sei Buchhändler. Nur verkaufe ich keine Bücher, ich verkaufe Romanheldinnen. Ich habe die alten Regale herausreißen und stattdessen an allen vier Wänden diese großen Garderobenelemente ohne Türen anbringen lassen, die man in Restaurants oder im Theater findet. An Messingstangen hängen dort, gleich Mänteln, deren man sich vor dem Eintreten entledigt, diese Frauen, denen man in den Büchern begegnen kann, Madame Bovary, Nana, die Sanseverina, Albertine, die Duchesse de Guermantes, Molly Bloom, Miss Blandish, Cora Smith-Papatakis, Rima Marshall, Eva, Gloria Shelby etc.

An diesen Messingstangen hängen sie also mittels einfacher

Kleiderbügel, die ich ihnen, um sie ja nicht zu verletzen, mit größter Vorsicht in die Schultern geschoben habe, und deren Haken recht unauffällig am Schädeldach wieder hervorschauen. Jedes Wandelement kann zwanzig bis fünfundzwanzig dieser Frauen aufnehmen, was im Ganzen, sofern dieser literarische Harem vollzählig wäre, an die hundert ergäbe, doch mehr als circa sechzig sind nie da: Ich lege Wert darauf, genügend freie Plätze für eventuelle Neuentdeckungen zu haben, die ich bei weiteren Lektüren womöglich machen werde, oder auch für vergessene Heroinen, deren Andenken mir jäh wieder ins Gedächtnis zurückkommen könnte. So hat man mir, beispielsweise, unlängst von einem jungen Mädchen erzählt, das sich bei Nacht in eine Sau verwandelte. Oder etwa letzte Nacht: Da habe ich mich unversehens an eine gewisse Roberte erinnert, die nächtens in schwarzen Strapsen, den nackten Hintern unter einem großen, schwarzen Samtmantel verborgen, doch mit purpurnen Bischofshandschuhen ausstaffiert, in Kirchen dringt, zum Altar hinaufsteigt, das Tabernakel öffnet, die Hand hineinsteckt und sich geweihter Hostien bemächtigt, um sie dann zu schänden.

Ja, dieses ganze kleine Völkchen ist da, bei mir. Jede von ihnen trägt selbstverständlich die Kleidung, mit der ihr Schöpfer sie ausgestattet hat, doch der Buchhändler weiß genau, dass Kleidung, was die Frau betrifft, nie mehr sein kann als der Schlüssel zur Eingangstür. Folglich sind diese Gewandungen lediglich am Hals durch einen leichten Knoten festgemacht: Und so ist es in meiner Buchhandlung möglich, Zugang zu den Körpern dieser Romanheldinnen zu haben, wie auch zu ihren Capes, ihren Kleidern und den Dessous jedweder Art, deren sie sich stets bedient haben, um uns mit ihren Körpern zu ködern und uns gleichzeitig daran zu hindern, diese in Besitz zu nehmen.

Diese Frauen verkaufe ich jedoch nicht, ich vermiete sie, tageweise, für die Nacht, für ein Wochenende, in Ausnahmefällen auch wochenweise. Hin und wieder überlasse ich sie auch mittellosen Studenten oder abgebrannten alten Leseratten. Ich mache mir eine Ehre daraus, dass sie stets in tadellosem Zustand sind … also nicht bloß herausgeputzt, frisiert, geschminkt … sondern von absoluter Sauberkeit. Wie man sich denken kann, lege ich größten Wert darauf, eigenhändig mit einem in hyperfeuchtigkeitsspendende Nivea-Lotion getränkten Babyschwamm zwischen den Schenkeln Molly Blooms, der Duchesse de Guermantes oder Miss Blandishs durchzugehen, auf dass ihre Schönheit nicht welke, wie es der trügerischen Schönheit eines Gesichts nur allzu häufig widerfährt … oder auch dem Glanz schöner Augen, den die geringste Unreinheit zu trüben vermag. Alles wird mit der Lupe examiniert und mit pedantischer Sorgfalt hergerichtet. Auch wenn irgendein Bücherfreund vor Ungeduld fast vergeht, er muss warten! … Es gibt Dinge, die dulden keine Eile … Heda! … Geduld! … Hören Sie auf, an der Tür zu rütteln! … Sind Sie verrückt oder was? …

Ich wache auf. Finde mich in meinem Käfig wieder. Der Schlüssel klemmt. Der alte Flic schafft es nicht, aufzusperren. Er rüttelt am Gitter. Es riecht nach Kaffee, Marke Spülwasser. Schließlich gibt die Tür nach.

»Los, aufstehen, da drin!«

»Wasnlos?«

»Kaffee!«

»Gut!«

»Wollen Sie welchen?«

»Ein wenig! Aber sagen Sie mal, Großvater, machen Sie denn nie Feierabend?«

»Zweimal die Woche reiß ich meine zwölf Stunden ab, aber hinterher hab ich zwei Ruhetage, vier weitere zum Erholen und noch zwei Tage Sonderurlaub. Wir haben einiges erreicht bei der

Polizei, vom gewerkschaftlichen Standpunkt her! Der Kaffee ist ganz frisch, das Brot ist allerdings von vorgestern, und für Butter gibts kein Budget mehr. Als vorläufig Festgenommener haben Sie eigentlich auf gar nichts Anspruch, aber Inspektor Mornios hat zu mir gesagt, ich soll Sie auf Sonderbehandlung setzen, angeblich sind Sie jemand Wichtiges. Abgeordneter vielleicht?«

»Senator und Bürgermeister.«

»Hab mir schon gesagt, dass Sie irgendwie ziemlich distinguiert wirken, auch wenn Ihre Hose da ein bisschen rutscht. Ich muss Sie darauf hinweisen, dass man Ihre Haare am Bauch sieht. Guten Appetit.«

Ich tunke mein Brot ein, trinke meinen Kaffee, lege mich wieder hin und schlummere erneut ein. Einige Zeit später steht irgendjemand am Gitter und ruft nach mir. Ich richte mich auf. Le Têtard.

»Guten Tag.«

»Guten Tag.«

»Sie sind doch Herr Barnabé Follope, Privatdetektiv, vorläufig in Gewahrsam?«

»Nein, ich bin seine Mutter.«

»Wenn Sie seine Mutter sind, werden Sie, wie ich fürchte, einige Mühe haben, hier herauszukommen.«

»Wo war ich nur mit meinen Gedanken? Ja, ich bin es.«

»Herr Oberinspektor Mornios, Beamter der Kriminalpolizei, Träger des Verdienstkreuzes der Polizei, hat mich gebeten, Sie zu informieren, dass er aufgrund der Fortschritte bei den Ermittlungen beschlossen hat, Ihre vorläufige Festnahme aufzuheben. Wollen Sie mir bitte folgen.«

Er geht mir bis zum Eingangsbereich voraus, man führt mich abermals vor den Tresen, stellt mir den Korb mit meinen Habseligkeiten hin, ich stecke alles wieder ein, lege meinen Gürtel an, fädle meine Schnürsenkel ein, und noch im selben Moment habe ich das Gefühl, wieder geboren zu werden. Ah, welch herrliches Vergnügen ist es doch, wenn man spürt, wie der Leibgurt ungehindert in die Schlaufen gleitet! … Welch eine Lust, diese Schnalle einschnappen zu lassen, die sonst ohne sanfte Gewalt nie zuging und sich nun augenblicklich, wie durch Zauberei, schließt. Welche Ekstase, seine Schnürsenkel erst links, dann rechts, wieder links, noch mal rechts und so weiter und so fort durch die Vielzahl kleiner Löcher zu stecken und sie zu guter Letzt schön fest zu binden, mit der Doppelschleife, die man in frühester Kindheit gelernt hat und der man seither nie untreu geworden ist! … Ja, ich werde wieder geboren, ich lebe auf, ich spüre, nun bin ich wieder ein freier Mensch! Ich unterschreibe die Entlassungspapiere und gehe ins Freie.

Wie schön es draußen doch ist!

Sieh an, die Rue Delambre! …

4

Ich bin so glücklich, wieder an der frischen Luft zu sein, dass ich, statt direkt nach Hause zu gehen, mal eben hinüber zum *Raspail Vert* flitze. Wir haben Januar oder Mai oder Juli oder Dezember, was weiß ich, ich weiß nur, dass ich die frische, schwirrende, duftige Luft, die Luft von Paris, atme.

Es ist ungefähr zehn Uhr, die Sonne hat die Spitze ihrer gelben Nase noch nicht hervorgestreckt, über allem liegt ein zartes, strahlendes, lichtes Grau. Auf meinem Weg zum *Raspail* und auf dem Rückweg begegne ich den unvermeidlichen Austernöffnern, Flics, Behinderten, Kioskbetreibern, Straßenkehrern, Kassierern, Taxis, Gymnasiasten, Vorstadt-Jugendlichen, Senegalesen, Klempnern, Elektrikern, Akademikern, Abteilungsleitern, Sopranistinnen, Sozialhilfeempfängern, Neuen Philosophen, Arbeitslosen, Leichenbestattern, Bäcker-Konditoren, Blutverseuchten, Diplomaten, Fans von Paris-Saint-Germain, Jammergestalten, Feuerwehrmännern, alten Haudegen, Wahrsagerinnen, Wauwau-Muttis, Models, Al-Fayeds, Prinzessinnen, Sanitätern, Senatoren, Doppelagenten, Ministerinnen, Journalisten, Italienern, Argentiniern, Algeriern, Koreanern, Byzantinern und Nutten, ohne die Paris nicht mehr Paris wäre. Ich kehre heim. Vor der Tür ein Flic. Ein junger, mit dem grünen Band an der Mütze, ein Einberufener also, der sich dafür entschieden hat, seine sechs Monate Militärdienst bei der Polizei abzureißen. Gutes Zeichen.

»Was treiben Sie hier?«, frage ich.

»Befehl! Man hat mir gesagt, ich soll mich vor die Tür stellen und niemanden hineinlassen, bis auf den Eigentümer.«

»Und wo ist er, der Eigentümer?«

»Im Gefängnis.«

»In der Santé?«

»Nein, nur da drüben. Vorläufig festgenommen.«

»Und warum befürchtet man, dass jemand anders hier eindringen könnte?«

»Weil die Tür nicht mehr schließt. Das Schloss ist kaputt. Es hat bereits einen Einbruch gegeben.«

»Wann?«

»Heute Nacht.«

»Der Eigentümer, das bin ich. Barnabé Follope, Privatdetektiv, ehemals Buchhändler.« Ich zücke meinen Dienstausweis und halte ihm diesen unter die Nase.

»Ach, Sie sind der Privatschnüffler! Das hätte ich nie gedacht. Ich hab geglaubt, das wär ein Junger.«

»Nein, ein Alter.«

»Und so übel zugerichtet! Sind Sie in einen Kampfpanzer gelaufen?«

»In einen Flic.«

»Sehr unvorsichtig! An Flics geht man immer besser hinten vorbei statt vorne. Treten Sie doch ein.« Er grüßt, die Hand an der Kappe, dreht sich auf dem Absatz um und überquert die Straße in Richtung Polizeirevier.

Ich stoße die Tür auf. Eine Katastrophe. Man hat alles durchwühlt, alles auf den Boden geworfen. Ich steige hinauf zur Wohnung. Derselbe Mist. Offensichtlich wurde nichts zerstört, aber alles durcheinander geschmissen. Und die Kirsche auf dem Kuchen: am Badezimmerspiegel ein mit Klebstreifen befestigtes Bahnbillett. Ich schaue es mir von nahem an – natürlich für die Strecke Bordeaux–Paris–Montparnasse, einfache Fahrt. Ich gehe wieder hinunter, finde in dem über den Boden verteilten Plunder einen länglichen Umschlag, gehe wieder hinauf und lasse den Fahrschein hineingleiten, ohne ihn zu berühren. Vielleicht sind ja noch Fingerabdrücke darauf. Ich begreife nicht so recht, was man bei mir eigentlich gesucht hat: aber klar doch, ja sicher …

den anfänglichen Brief … mit Jasminduft, because of the Handschrift der *Stimme,* die zweifellos die Ursache dieser Metzelei ist! … Da hätten die wirklich lange suchen können, den hatte ich nämlich bei mir, in meiner Brieftasche! … Ich beschließe, ihn zusammen mit der Fahrkarte Oberinspektor Mornios zu bringen. Sollten die Fingerabdrücke auf beiden übereinstimmen, wäre das schon ein erster Schritt. Aber zunächst mal meine Tür! Ich rufe den Schlosser an, der hundert Meter weiter wohnt, damit er herkommt und mein Schloss austauscht. Er hatte es seinerzeit eingebaut. Er schickt mir einen Gesellen vorbei, der den Schaden binnen zwanzig Minuten behebt. Ich schließe ab, weil der Tag ja noch lang genug ist, um Büro und Wohnung wieder in Ordnung zu bringen, und überquere die Straße in Richtung Polizeirevier.

Ich muss nicht mal hinein. Ich entdecke die beiden Inspektoren auf der Türschwelle. Sie plaudern mit einem großen Mädchen in einem Minirock, das mit dem Rücken zu mir dasteht und eine dünne Akte unterm Arm hält. Die schlanken, wohlgeformten Stelzen glänzen in der Elf-Uhr-Sonne, und obwohl sie flache Absätze trägt, ist es offensichtlich, dass sie von der Natur nicht allzu stiefmütterlich bedacht worden ist.

Ich gehe auf die drei zu. Das Mädchen weicht einen Schritt zur Seite und dreht sich zu mir um. Inspektor Le Têtard tritt etwas zurück. Oberinspektor Mornios lächelt mir zu. Das Mädchen sieht mich mit kaltem Blick an. Eine schmale, blassblonde Frau mit asketischem Gesicht, gewölbter Stirn, das Haar streng nach hinten gekämmt.

»Ah, da ist ja unser Freund, der Privatdetektiv, über den wir gerade gesprochen haben«, sagt Mornios zu der Frau. »Herr Barnabé Follope, ehemals Buchhändler.« Und an mich gewandt: »Frau Éva Delavant, Untersuchungsrichterin.«

Ich verbeuge mich leicht, nur so, um das, was ich gerade eingehend von hinten begaffen konnte, nun eingehend von vorn begaffen zu können. Ich lege keinen gesteigerten Wert darauf, mich länger über dieses Thema auszulassen, muss allerdings zugeben, dass, in puncto Stelzen, besagte Damenvorderseite den Umweg verdient, von wegen der Knie, die mit den langen schlanken Schenkeln eine Gerade bilden, alles ohne irgendwelche Knochen- oder Muskelprotuberanzen, was ja ziemlich selten ist und von Kennern sehr geschätzt wird.

»*Mädämm…*«, sage ich, ganz Charmeur.

»Herr Follope«, erwidert sie trocken, »Oberinspektor Mornios hat mich soeben über die Gründe in Kenntnis gesetzt, die ihn bewogen haben, Ihre vorläufige Festnahme aufzuheben. Ich pflichte ihm bei. Auf rein informeller Ebene möchte ich sie trotz alledem bitten, Paris nicht zu verlassen und ganz allgemein keine Ortswechsel zu unternehmen, ohne ihn zuvor darüber unterrichtet zu haben.«

»Sehr wohl, Mädämm«, sage ich, um es ihr nochmals bewunderungsmäßig zu geben, wobei ich es nicht lassen kann, abermals mit raschem Blick ihre Beine zu streifen.

»Warum stieren Sie eigentlich ständig nach meinen Beinen?«

»Ich finde sie nicht schlecht.«

»Das sind die, die ich immer zur Arbeit anziehe. Zu Hause hab ich noch ein anderes Paar, ein zwar sehr altes und furchtbar hässliches, aber äußerst bequemes Paar, das ich sofort anziehe, kaum dass ich zur Tür hereinkomme. Ich hab mich halt an sie gewöhnt. Meine Herren.« Sie grüßt uns mit einem Kopfnicken und entfernt sich mit großen Schritten in Richtung Kreuzung Vavin/Montparnasse.

»Verdammtes Puff!«, ruft Le Têtard aus, sobald sie weit genug ist. »Untersuchungsrichter wie die da würd ich mir auf dem Lager eines Leprakranken genehmigen!«

»Inspektor Le Têtard!«, sagt Mornios gestreng. »Ich wäre Ihnen sehr verbunden, wenn Sie die Leprakranken in Frieden lassen wollten.«

»Ja, aber trotzdem«, erwidert Le Têtard.

»Trotzdem was?«, fragt Mornios nach.

»Na ja, die Liebe eben!«, meint Le Têtard. »Man sollte Richterinnen verbieten, solche Stelzen zu haben. Da muss man doch an der Gerechtigkeit zweifeln!«

»Da haben Sie vielleicht nicht vollkommen Unrecht ...«, räumt Mornios versonnen ein. »Ich will nicht ausschließen, dass ich diese heikle Frage eines schönen Tages bei einer Gewerkschaftsversammlung anschneiden werde. Im Moment aber sollten wir tunlichst vermeiden, den ewigen Konflikt zwischen Justiz und Polizei in irgendeiner Weise zu schüren. Die Unterstützung von der Frau Richterin ist für uns zu wichtig, ob sie nun hübsche Beine hat oder nicht, als dass wir es uns leisten könnten, einen Streit mit ihr anzuzetteln. Und was Sie angeht«, setzt er hinzu, indem er einen Zeigefinger, dicker als das Strafgesetzbuch, auf mich richtet, »so haben Sie ja gehört, was sie gesagt hat: Sehen Sie zu, dass Sie sich nicht aus Paris entfernen, und halten Sie sich etwas im Hintergrund.«

Der Zorn steigt in mir hoch. »Ich habe nicht im Geringsten die Absicht, Paris zu verlassen, und ich werde mich auch aus diesem Viertel nicht entfernen, solange ich diese Sache nicht aufgeklärt hab!«

»So ists recht, junger Mann.«

»Sie haben gut reden, wenn Sie aber nicht so dämlich gewesen wären, mich festzunehmen, wäre ich letzte Nacht, als man versucht hat, bei mir einzubrechen, vielleicht zu Hause gewesen und hätte meine Besucher ja zu Gesicht bekommen, und das hätte uns auf eine Spur bringen können! Jedenfalls hab ich das da an meinen Badezimmerspiegel gepappt vorgefunden, und außerdem habe ich Ihnen noch den Brief und die Fahrkarte auszuhändigen, die ich gestern erhielt. Falls alle Fingerabdrücke übereinstimmen, sind wir schon einen Schritt weiter!« Ich händige ihm den Brief und das Billett Bordeaux–Paris aus.

»Würde mich wundern, wenn die am Ort des Einbruchs aufgenommenen Fingerabdrücke mit den anderen übereinstimmen«, meinte Mornios, »und zwar aus dem einzigen Grund, dass ich höchstpersönlich Ihnen diesen Besuch abgestattet und, um mich ein bisschen zu amüsieren, dies am Boden gefundene Billett in Ihrem Badezimmer festgeklebt habe. Alles Übrige behalte ich, ich werde die Sachen untersuchen lassen.« Er gibt mir das Ticket zurück. Ich zerreiße es.

»Mit welchem Recht sind Sie bei mir eingedrungen?«

»Die Untersuchungsrichterin hat mir soeben einen rückdatierten Durchsuchungsbeschluss ausgehändigt.«

»Was haben Sie eigentlich gesucht?«

»Den Körper der enthaupteten Frau.«

»Wo sollte ich den denn versteckt haben? ... Etwa zwischen den Seiten eines Buches? ...«

»Warum nicht? ... Buchhändler, ob berufstätig oder in Rente, sind mir nun mal suspekt! Die Romane sind voller Verbrechen, eines abscheulicher als das andere, da ist es keineswegs so abwegig, dass Buchhändler, die ersten Leser dieser Schriften, mehr als alle anderen versucht sind, zur Tat zu schreiten! Wussten Sie eigentlich, dass Landru Buchhandelsgehilfe war?«

»Nein.«

»Dann haben Sie was von mir gelernt. So, jetzt ab mit Ihnen. Le Têtard, begleiten Sie den Herrn, wappnen Sie sich mit einem Reinigungsspray, und wischen Sie die Fingerabdrücke weg, die ich so ziemlich überall hinterlassen haben dürfte.«

»Gut, Chef.« Er geht ins Polizeirevier.

Le Têtard wappnet sich also mit einem Reinigungsspray und einer Rolle Küchenpapier, dann kehren wir zu meinem Laden zurück. Ich beginne schon mal, etwas Ordnung in all die durcheinander geschmissenen Sachen zu bringen, und er macht sich daran, die Oberflächen der Möbel abzuwischen. Irgendwann hält er schlagartig inne und fragt mich: »Glauben Sie, dass man den Mörder erwischt?«

»Man hat ja schon mal das Opfer erwischt, das ist immerhin ein Anfang. Ich lese nämlich Zeitungen, wissen Sie. In Frankreich gibt es pro Jahr vier- oder fünftausend Verbrechen, bei denen die Polizei nicht mal imstande ist, die Opfer zu finden!«

»Was ist in Sie gefahren, mein Guter? Sind Sie sauer?«

»Könnte sein.«

5

In der darauf folgenden Woche passiert gar nichts. Mit dem Foto der Enthaupteten in der Hand klappere ich im Viertel Tür um Tür ab, niemand erinnert sich, sie je gesehen zu haben. Eines späten Nachmittags betrete ich das Café am unteren Ende der Rue Vaneau, knapp zwanzig Meter von dem Haus entfernt, in dem das Verbrechen stattgefunden hat. Ich habe Lust auf ein Halbes und treffe dort auf Mornios, der gerade eins trinkt. Wir haben uns seit vier Tagen nicht mehr gesehen. Wir reden ohne Feindseligkeit miteinander. Er macht ebenfalls die Hausierertour, hat aber auch nicht mehr Erfolg als ich. »In Paris Ermittlungen zu führen ist verdammt hart«, meint er zu mir. »Hier kennt keiner den anderen. In jeder anderen Großstadt auf der Welt macht sich die Bevölkerung eine Pflicht daraus, der Polizei zu helfen, hier ists genau umgekehrt! Da treffen sich die Leute dreißig Jahre lang auf der Treppe und wissen nicht, wie der Mensch heißt, und wenn der Nachbar auf dem eigenen Stockwerk abgemurkst wird, tja, dann kann sich die Polizei halt mit der Scheiße herumplagen. Das geht den Bürger nichts an!«

»Vielleicht ists auch besser so, in mancher Hinsicht«, gebe ich zu bedenken.

»Klar«, erwidert Mornios bitter, »das wirft die Polizei aus dem Rennen und macht die Privatdetektive reich. Sollte ich irgendwann mal bei der Pariser Polizei rausfliegen, dann weiß ich, was ich zu tun hab.«

»Keine Tränen bitte, ich werde Sie als Laufburschen nehmen.«

»Damit rechne ich doch schwer. Apropos, ich hab noch immer nicht verstanden, weshalb die Mörderin, falls es eine Mörderin gibt, Sie überhaupt in diese Sache reingerissen hat!«

»Ich auch nicht. Aber ich suche weiter nach der Antwort, und ich frage mich, ob wir nicht mal genauer nachforschen sollten, was da im Umfeld des Gare Montparnasse, genauer gesagt auf der TGV-Strecke Paris–Bordeaux, abläuft oder ablaufen könnte.«

»Weshalb?«

»Weil die beiden aufgefundenen Fahrkarten, sowohl die, die mir das Mädchen am ersten Tag zukommen ließ, als auch die andere, die man dem enthaupteten Mädchen zwischen die Zähne gesteckt hat, Tickets für diesen TGV waren.«

»Die waren nur Köder, Bluff, ist doch sonnenklar; das Ganze soll uns bloß in eine falsche Richtung führen. Warum sollte ein Verbrecher seinem Verfolger aus freien Stücken Hinweise geben, die ihm zum Verhängnis werden könnten? Das wäre geradezu selbstmörderisch! Meines Erachtens liegt das Geheimnis unseres Falls eher hier, in diesen Straßen im Umkreis der Rue de la Grande-Chaumière, verborgen. In all diesen alten Häusern gibt es jede Menge Ateliers so genannter bildender Künstler ... eine Tradition, die auf das vorige Jahrhundert zurückgeht ... Da wird nach lebenden Modellen gearbeitet. Diese Modelle sind per definitionem hübsche Mädels, und zwischen denen gibts nicht selten Anlass zur Eifersucht und folglich auch Gründe für Mord und Totschlag!«

»Das ist aber ziemlich weit hergeholt!«

»Sind wir über einen abgeschnittenen Kopf gestolpert oder etwa nicht?«

»Doch, schon.«

»Mir ist da nämlich eine Idee gekommen: Wissen Sie, wie man einen Körper nach dieser Art von Guillotinierung verschwinden lassen kann?«

»Nein.«

»Na, ganz einfach. Das hier sind doch Ateliers für Malerei und Bildhauerei. Auf zwei Maler kommt ein Bildhauer. Die ja ebenfalls nach lebendem Modell arbeiten! Seit Rodin, Maillol und auch schon viel früher dreht sich in diesem Milieu doch alles nur knallhart um Sex. Nehmen wir mal an, die schöne Estelle wäre Modell gewesen, der Meister vernascht sie, eines schönen Tages tanzt ein neues Mädchen mit einem besser gebauten Arsch an …«

»Die, die mich angerufen hat …«

»Genau. Der Meister beschließt, die ist es jetzt – die Venus, von der er träumt, das Modell, das er sein ganzes Leben lang vergeblich gesucht hat! Die beiden werden ein Liebespaar … Sie stellen der unglücklichen Estelle eine Falle … Und wissen Sie, was die dann mit dem Körper machen? …«

»Nein.«

»Sie schaffen ihn, in einen Teppich gewickelt, ins Atelier und vergießen ihn dann mit Bronze zu einer Statue! Oder mit Gips, was noch einfacher ist! Da besuchen Sie das Atelier, bewundern einen Abguss in Lebensgröße nach Rodin, Estelle ist drin, und Sie haben nicht die leiseste Ahnung!«

Kurze Stille. Mornios' glubschige Augen leuchten vor Selbstzufriedenheit. Ich verdaue erst mal. »Hut ab«, sage ich dann. »Bei der Polizei hat man ja wirklich Fantasie!«

»Wenn es sich um Verbrechen handelt, ja. Und wissen Sie, warum? Ich werd es Ihnen verraten: weil man nur wegen der Faszination, die das Verbrechen auf einen ausübt, Flic wird. Der Flic bekämpft das Verbrechen, selbstverständlich … Er verfolgt es, jagt es, bekämpft es … Doch im tiefsten Grunde seiner Seele könnte er es gar nicht entbehren. Er braucht es wie den Sauerstoff zum Atmen … Und je entsetzlicher die Verbrechen sind, desto leichter atmet er. Verbrechen sind das Leben eines Flic. Die bringen ihn auf Touren. Und genau deshalb werde ich Ihnen ewig dankbar sein, dass Sie mich in diesen Fall mit dem abgeschnittenen Kopf verwickelt haben, Herr Follope. Wenn Sie erlauben, werd ich mir diese Ateliers da weiterhin genauer anschauen.«

»Und ich, ich werd weiter im Umfeld des Gare Montparnasse

ermitteln. Haben die Fingerabdrücke auf den Fahrkarten und auf dem Brief nichts ergeben?«

»Nichts. Die waren zu drei Vierteln verwischt. Fingerabdrücke, wissen Sie ... Die sind doch sowieso längst passé.«

»Ah, ja, was heute zählt, ist die DNS!«

»Sie machen Witze. Fingerabdrücke, DNS, ist doch alles ein und derselbe Mist. Damit es bei einer kriminalistischen Untersuchung unzweifelhafte Beweise ... absolute Beweise ... geben kann, müssen beziehungsweise müssten besagte Beweise hundertprozentig zuverlässig sein! Ist ein solcher Beweis, dieser objektive, in jeder Hinsicht unwiderlegbare Beweis, nicht zu hundert Prozent hieb- und stichfest, dann ist er wertlos ... so gut wie nichtig! Er wird bei einem integren Richter ebenso viele Chancen haben wie ein Kuhfladen bei der Wahl zur Miss Universum. Nun hat die DNS-Methode, die Sie, mein bedauernswerter Amateur, gerade ansprechen, selbst nach Eingeständnis der Amis, die sie ja entdeckt haben, noch ein Fehlerrisiko von eins auf eine Milliarde.«

»Nicht schlecht!«

»Aber noch zu viel! Die DNS-Geschichte ist bloß so etwas wie ein Medientrick, eine Masche, um die Eltern vergewaltigter kleiner Mädchen zu besänftigen ... um die aufgebrachte öffentliche Meinung zu beschwichtigen ... eine Farce fürs Publikum, das danach giert, sich die Exhumierung ehemaliger Idole anzusehen, die inzwischen zu klebrigem Mus geworden sind. Haben Sie die Exhumierung von Yves Montand im Fernsehen gesehen?«

»Nein, ich hab mir dafür die Massengräber in Ruanda angeschaut.«

»Na, dann haben Sies ja gesehen, das ist gehupft wie gesprungen. Was bleibt nach drei Jahren von einem Menschen?«

»Ziemlich wenig.«

»Also wird die Polizei wider besseres Wissen bis auf weitere

Anordnung an der Beweisführung mit DNS festhalten. Und die Richter werden, wie seit eh und je, ihre Entscheidung auch weiterhin nach ihrer innersten Überzeugung fällen, das heißt also nach dem, was ihnen gerade so durch den Sinn geht. Logisch?«

»Logisch. Wenn eine Pfeife, die keine Pfeife ist, keine Pfeife ist, dann ist ein Beweis, der kein Beweis ist, selbstverständlich auch kein Beweis.«

»Fein nachgedacht. Sie sollten sich für die Aufnahmeprüfung für die Magistratur anmelden. An Ihnen ist ein Richter verloren gegangen.«

»Das werde ich tun, sobald ich mal fünf Minuten Zeit hab. Übrigens, wo wir grad bei Richtern sind, Ihre Freundin, die mit den sexy Stelzen, hat mir verboten, Paris zu verlassen, ohne Sie vorab zu informieren. Erlauben Sie mir also, die Strecke Paris–Bordeaux einmal hin- und zurückzufahren? Dafür brauch ich nicht mal einen halben Tag.«

»Was wollen Sie denn dort?«

»Atmosphäre schnuppern. Das Feeling. Mal nachsehen, ob man dort nicht in DNS-Pfützen herumwatet. Reine Routine eben!«

»Gehen Sie zum Teufel, wenn Sie wollen!«

6

Am nächsten Morgen begebe ich mich also gegen neun Uhr zum Gare Montparnasse. Seit dem Verbrechen ist mir der Weg dorthin richtig vertraut. Ich habe ihn ein gutes Dutzend Mal über verschiedenste Routen zurückgelegt, ohne etwas Besonderes zu entdecken. Mehr als ein Jahrhundert lang war dieser Bahnhof, ehemals Gare-des-Bretons genannt und noch am Südende der Rue de Rennes gelegen, einer der großen Schauplätze von Paris, eine Landschaft für sich mit unverwechselbaren Szenen: Hier wuselten Bretonen mit runden Hüten – hoch lebe die Bretagne! – am Ausgang herum, bevor sie sich in die gigantische Hauptstadt stürzten … Da warteten *Bretonnes bretonnantes*, mit dem Hintern auf ihren Bündeln hockend, und hohe, schmale Trachtenhauben aus in Röhrenfalten gelegtem Spitzenkrepp auf dem Kopf, geduldig auf eine Anstellung als Mädchen für alles … Dort ein junges Gänschen, tapfer angereist, mit roten Apfelbäckchen, weißer Haube, Parapluie und Holzpantinen … Und in ihrer übergroßen Eile, ins Herz von Paris zu gelangen, verließ eine Lokomotive aus Richtung Nantes sogar eines schönen Tages die Gleise … fuhr die Prellböcke um … donnerte durch die Eingangshalle … zertrümmerte die gesamte Fensterfront … und blieb schließlich, vor den erstaunten Augen der Gaffer, mit rauchender Schnauze hoch über dem Bahnhofsvorplatz in der Schwebe! … All das ist nicht mehr.

Die Tour Montparnasse ragt nunmehr dort auf, wo vormals der alte Bahnhof aufragte, während der neue einige hundert Meter weiter südwestlich errichtet wurde. Von hier kann man mehr als nur die Bretagne erreichen, auch Toulouse, die Pyrenäenstadt Tarbes, das spanische Irún und natürlich auch Bordeaux. Ich löse eine Fahrkarte. Der Bahnhof ist mittlerweile ein gigantischer Betonblock, dessen Paris zugewandte Seite einen siebenhundert Meter langen Riegel bildet, und erstreckt sich, auf vier oder fünf Ebenen, über eine Länge von drei Kilometern nach Südwesten. Auch das Publikum hat sich verändert. Hier trifft man nicht mehr die folkloristische Menschenmenge von einst, sondern, bis auf ein paar kleine Details, das gleiche post-moderne, tierische, anonyme, hastige und gestresste Volk, das an allen vier Ecken der Welt drängt und eilt ... auf dem monotonen Beton von Manhattan-Grand-Central-Station oder Hamburg-Hauptbahnhof, von Kalkutta-Sterbestation oder Tokyo-Yama-shuna-Hayashi-Geisha-Sake. Junge Tramps, die unter gewaltigen Rucksäcken fast zusammenbrechen, Senioren mit schweren Rollenkoffern im Schlepp, Manager, die im Galopp ihre Börsen-order in Handys brüllen. Lediglich der Dreck ist noch echt französisch. Der Boden ist mit TGV-Fahrscheinen übersät – den Leuten, nach denen ich suche, dürfte es nicht schwer gefallen sein, sich die passenden zu beschaffen! Abfälle türmen sich über und unter den wegen der Operation »Kampf den Bombenlegern!« verschweißten Mülleimern auf. Mit einem Mal überkommt mich der Gedanke, dass die Gepäckaufbewahrung mit ihren Metallfächern wohl der ideale Ort ist, den Körper eines enthaupteten Mädchens endzulagern. Warum sich die Mühe machen und die Koffer mit den Überresten der Vielgeliebten von irgendeiner Brücke in die Seine schmeißen, wobei man noch Gefahr läuft, von hundert Personen beobachtet zu werden, wo es doch genügt, sie diskret und unter den freundlichen Blicken des Eisenbahners, der kraft seines Amtes den mühselig beladenen Reisenden entschlossen zur Hand gehen soll, einfach in der Gepäckaufbewahrung zu deponieren?

Ich schlage also die Richtung zu dem Gang ein, in dem sich besagte Fächer befinden. Der Zutritt wird mir von einer Metallschranke und einer zusätzlichen Wache dahinter verwehrt, bestehend aus einem Unteroffizier der Gendarmerie in schwarzem

Kampfblouson ohne Kragen und zwei massigen ausgemachten Arschlöchern im Tarnanzug. Die Kerle haben den Finger am Abzug ihrer sonderbar geformten Donnerbüchse mit dem sinnigen Namen »Le Clairon« – »Das Horn« –, welche durch ein geschultertes Stahlkettchen gesichert wird – für den Fall, dass man es ihnen stibitzen wollte.

»Pardon, Kommandant, dürfte ich Sie um eine Auskunft bitten?«, frage ich den Unteroffizier.

Der Bulle salutiert, die Hand am Käppi, und antwortet: »Ich bin nicht Kommandant, sondern Wachtmeister. Für Auskünfte wenden Sie sich bitte an den Schalter gegenüber von Gleis 15.«

»Verzeihen Sie, Wachtmeister, aber es geht mir nicht um eine Fahrplanauskunft. Es geht mir um eine Auskunft betreffs der automatischen Schließfächer, zu denen Sie und Ihre wackeren Soldaten hier den Zugang zu verwehren scheinen.«

»Der Zugang zu den Schließfächern ist zurzeit untersagt, um terroristischen Anschlägen vorzubeugen.«

»Demnach wär es mir also unmöglich, den Körper meiner Freundin, nachdem ich sie enthauptet hätte, in einem dieser Fächer zu deponieren, wenn ich dies vorhätte?«

»Richtig, das bestehende Verbot duldet keinerlei Ausnahmen. Jetzt hauen Sie aber schleunigst ab, sonst lass ich Sie wegen Beleidigung einer Amtsperson einlochen. Als Unteroffizier der Gendarmerie bin ich nämlich Beamter der Kriminalpolizei. Und Beleidigungen werden vom Gesetz hart geahndet.«

»Danke, Wachtmeister.«

Ich haue also ab. Höre aber noch, wie einer der Soldaten den Unteroffizier fragt: »Was wollte der Alte eigentlich? Seine Nutte zerlegen?«

»Was weiß ich?«, antwortet der Unteroffizier. »Die Hälfte aller Pariser hat nen Sprung … Hier muss man auf alles gefasst sein …

Wenn wir doch nur schon wieder in Saint-Flour wären!« Den Rest höre ich nicht mehr. Immerhin steht nun fest, dass die enthauptete Estelle nicht in den Schließfächern der Gepäckaufbewahrung wartet. Das freut mich für sie. Es dürfte nämlich nicht so schrecklich lustig sein, da drin zu warten! Ich frage mich, ob der enthauptete Körper in einem solchen Fall den Kopf vermisst, so wie der entleibte Kopf selbstverständlich den Körper vermisst – vor allem, wenn es sich dabei um ein hübsches Mädchen handelt! … Aller Vernunft nach wohl nicht, da sich der Sitz des Vermissens ja im Kopf befindet … Doch wer weiß schon, ob der Körper nicht ebenfalls einen diffusen Verstand besitzt … diffuse Gefühle … ein diffuses Gedächtnis … Dann würde er den entschwundenen Kopf bitter vermissen, der ihm vor der Zeit entrissen wurde … Ich denke mir, dass dann aus allen Poren, vom Hals bis zu den Zehen, Tropfen einer weißen, zähen und salzigen Flüssigkeit hervorperlen – nämlich die Tränen, die der Körper bei dem Gedanken vergießt, dass er soeben vom Kopf getrennt wurde, diesem alten Bekannten, diesem Freund seit eh und je, mit dem er sich eigentlich vorgestellt hatte, bis ans selige Ende eins zu bleiben! …

Ich stehe unter der großen Anzeigetafel mit den Abfahrtszeiten. Mein Zug fährt erst in einer halben Stunde. Es kribbelt mir wie Ameisen in den Beinen, und ich marschiere an den Bahnsteigen vorbei, an einem marineblauen und hellgrauen TGV, der wohl gut zwei Kilometer lang ist. Jenseits der Bahnsteige wird ohne Unterlass weitergebaut. Der Horizont ist verstellt von Löffelbaggern, Betonmischern, Motorrädern, Schürfzügen und Pressluftmaschinen, allesamt derart mit Graffiti übersät, dass nicht einmal ein Quadratzentimeter frei geblieben ist! Dahinter reihen sich Wellblechhütten aneinander, selbstverständlich die Baracken der auf der Baustelle wirkenden Arbeiter. Einige gehen im Blaumann durchs Bild, manche haben ihren Blechnapf in der Hand. Unweigerlich verblüfft einen der Kontrast zwischen den zwölf oder fünfzehn futuristischen TGVs kurz vor der Abfahrt und diesen schäbigen Baracken, diesen armselig gekleideten Arbeitern, die noch zu Zolas Welt zu gehören scheinen.

Mein Zug wird ausgerufen, ich steige ein. Kaum drei Stunden später bin ich angekommen. Bordeaux ist schaurig trostlos. Wie man ja weiß, ist die Stadt so eine Art Friedhof für von den Franzosen in die Wüste geschickte Politiker geworden. Chaban-Delmas. Juppé. Man trifft hier im Krankenwagen ein und kommt nie wieder heraus. Mittagszeit. Ich spaziere vom Bahnhof ins Zentrum, der ungefähr fünfzigminütige Fußmarsch führt mich durch gräuliche Viertel. Die meisten Häuser sind einstöckig. Der Patron eines Bistros erzählt mir, man würde sie *échoppes* – »Krambuden« – nennen. Das Zentrum weist zwei oder drei prächtige Gebäude auf – über denen jedoch ein bleischweres Gefühl von Langeweile liegt. Ich kehre am Fluss entlang über die *Quais*, die recht überzeugend an ein Ruinenfeld erinnern, zum Bahnhof zurück. Verwahrloste Hallen, hohe, rostige Kräne, unter denen kein einziges Schiff mehr durchfährt. Eine Ausnahme indes! Am Ende des Fußgängerwegs, der unter der altertümlichen Steinbrücke hindurchführt, treffe ich auf ein schweres Abbruchfahrzeug, das, einem Roboter gleich, gerade einen Hangar demoliert. Nur ein paar Meter entfernt wartet schon ein Betonmischwagen. Ich kann mich der Feststellung nicht verschließen, dass diese Maschinen nicht wie die in Paris von oben bis unten mit Graffiti zugesprayt sind. Vielmehr sind sie gelb und schwarz bemalt und tragen an den Seiten drei Großbuchstaben: BSO. Von der Arbeit des Roboters fasziniert, bleibe ich einen Moment stehen. Über dem Führerhaus ragt ein Mast auf, an dem der Roboter in acht oder zehn Meter Höhe eine Kette mit einer riesigen Steinkugel hin- und herschwenkt und damit alle zehn Sekunden in die Halle hineindonnert, deren Wände unter den wuchtigen Schlägen nach und nach einstürzen. Der Lärm ist zwar infernalisch, trotzdem empfinde ich dieses plötzliche Abtauchen in eine andere Welt als Wohltat. Ich folge der Garonne bis zur Neuen Brücke, die man einige hundert Meter vom Bahnhof entfernt errichtet hat. Der sehr breite, graue und glatte Fluss erscheint mir absolut regungslos. Darüber stehen große Möwen mit weit ausgebreiteten Flügeln ebenso still wie er selbst.

Um drei Uhr nehme ich den Zug zurück nach Paris. Um halb sieben bin ich wieder zu Hause. Ich öffne meinen Briefkasten. Rechnungen, Briefe, Werbezettel … und mitten in dem ganzen Haufen eine weitere Fahrkarte Bordeaux–Paris, auf die irgendjemand mit schwarzem Filzstift folgende Worte geschrieben hat: »Na, gehen die Ermittlungen weiter?« So wie die Dinge für mich nun einmal liegen, lässt mich diese Botschaft völlig kalt. Man beschattet mich, das ist alles.

Bevor ich zum Abendessen gehe, bringe ich das Ticket noch rasch ins Polizeirevier. Am anderen Morgen bringt Le Têtard es mir um elf Uhr zurück: nicht ein Fingerabdruck. Habe ich mir schon gedacht. »Wie weit ist der Oberinspektor?«

»Bei null. Er hat jetzt den Beweis, dass gewisse Ateliers, in denen nach lebenden Modellen gezeichnet wird, in Wahrheit Massagesalons sind, was er allerdings schon lange geahnt hat.«

»Er wird doch nicht aufgeben, hoffe ich?«

»Im Gegenteil, er will den Fall unbedingt lösen und möchte sich mit Ihnen nochmals über die ganze Sache unterhalten. Er lädt Sie zum Mittagessen ein.«

7

Oberinspektor Mornios hat nicht nur Ähnlichkeit mit einem Tintenfisch, sondern auch eine besondere Vorliebe für diese Tierchen. Und während er im Bistro *Le Dôme* gierig *calamares en su tinta* in sich hineinschlingt, bemerke ich, dass sein kleiner Mund, den ich zunächst mit einem Zehn-Francs-Stück verglichen hatte, in Wahrheit das kleine, kreisrunde und böse Maul eines Tintenfischs ist.

Vor lauter Zusehen, wie dieses fahle Tintenfischmaul – von den beiden glubschigen, an Tintenfischärsche erinnernden Augen nicht zu reden –, wie dieses Tintenfischmaul Tintenfische verputzt, vergeht mir selbst schließlich der Appetit auf Tintenfische. Ich schiebe meinen kaum angefangenen Teller zurück, rufe den Kellner und frage ihn, ob ich nicht eine *choucroute* bekommen könne.

»Nein, Monsieur, wir sind ein Fischrestaurant, wir servieren nur Schalentiere und Fisch.«

»Welchen Fisch können Sie mir dann empfehlen, der am wenigsten nach Fisch aussieht?«

»*Morue en brandade.* Ist zwar Fisch, sieht aber überhaupt nicht wie Fisch aus.«

»Dann eben eine *brandade.*«

Schon greift die Hand des Kellners nach meinem Teller, um ihn abzuräumen, doch Mornios legt ihm die seine auf das Handgelenk und zwingt ihn, den Teller wieder loszulassen. »Mit Ihrer Erlaubnis werde ich Ihre Tintenfische zum Nachtisch essen«, sagt er zu mir.

»Ich lass Sie Ihnen aufwärmen«, meint der Kellner.

»Nein, nein, ist schon recht, ich mag sie genauso gern kalt wie warm.«

»Wie Sie möchten«, erwidert der Kellner.

»Wissen Sie, was noch kälter ist als ein Tintenfischhintern?«, fragt Mornios.

»Nein«, antwortet der Kellner.

»Das Auge der Justiz«, sagt Mornios.

»Man lernt jeden Tag was dazu«, meint der Kellner. Er verschwindet in den hinteren Bereich des Speisesaals und ruft dabei: »Und eine *brandade* für siebzehn, einmal!«

»Ich bin ganz verrückt nach Tintenfischen«, erklärt Mornios.

»Sieht man.«

»Ekelt Sie das?«

»Ein wenig. Sie haben Ähnlichkeit mit einem Tintenfisch, Sie sind verrückt nach Tintenfischen, Sie essen Tintenfische, Sie reden über Tintenfische, daran werde ich mich wohl gewöhnen müssen.«

Er lacht tintenfischmäßig, man bringt mir meine *brandade*, wir essen schweigend weiter. Zum Dessert lasse ich mir eine *Crème anglaise* bringen, während er gefräßig meine kalten Tintenfische herunterschlingt.

Jedes Mal, wenn sie seine Kehle hinunterrutschen, verursacht das ein seltsam liebliches Gurgeln. Irgendetwas in mir macht klick, was sich offenbar an meinen Augen ablesen lässt, Mornios fragt mich nämlich plötzlich: »Warum sehen Sie mich so an?«

»Ich höre dem Geräusch zu, das die Tintenfische verursachen, wenn sie Ihnen durch die Kehle rutschen.«

»Na und?«

»Es ist ein so liebliches Geräusch.«

»Na und?«

»Na und, Herrgott noch mal, jetzt weiß ich, in welche Richtung wir weiterermitteln müssen, und ich kann einfach nicht begreifen, warum wir nicht schon früher daran gedacht haben! Hören Sie mir mal genau zu …«

»Ich höre überhaupt nicht zu«, erwidert Mornios. »Wenn Sie

irgendetwas zu sagen haben, was sich unmittelbar auf die Untersuchung bezieht, dann muss Le Têtard bei uns sein. Er ist völlig fantasielos und darum immer die Vernunft selbst! Er hilft uns, mit beiden Beinen auf der Erde zu bleiben.«

Wir gehen also ins Polizeirevier zurück. Und trinken nun unseren Kaffee in Mornios' Büro, in einer entspannten Atmosphäre und aus Pappbechern.

»Follope hatte eine Erleuchtung«, meint Mornios.

»Wir sind ganz Ohr«, sagt Le Têtard.

»Gut«, erwidere ich. »Fangen wir wieder bei null an. Die Frau, die mich am ersten Tag angerufen hat, hatte eine außerordentlich sinnliche Stimme. Nehmen mir mal an, sie brauchte Geld – und welche Frau braucht kein Geld? Was könnte sie im Leben so machen?«

»Opernsängerin«, antwortet Le Têtard.

»Ganz kalt. Bei der Oper braucht man andere Stimmen.«

»Dann wäre sie Radiomoderatorin«, schlägt Mornios vor.

»Warm.«

»Sie könnte Pornofilme synchronisieren«, sagt Le Têtard.

»Heiß.«

»Sie würde beim *Téléphone rose* arbeiten«, schlägt Mornios vor.

»Gewonnen. Sie würde im Telefonsexgeschäft arbeiten!«

Ein Schauer des Triumphs durchrieselt uns. Mornios fährt hoch und verpasst Le Têtard mit der flachen Hand einen ordentlichen Klaps auf den Schädel. »Le Têtard, alter Gaul, mein Instinkt hat mich noch nie getäuscht! Da haben wir wieder mal voll ins Schwarze getroffen«, meint er. Und setzt sich wieder.

»Meine Herren, da gibt es eine Sache, von der ich Ihnen bisher noch nichts gesagt hab«, füge ich an.

»Sie haben der Untersuchung dienliche Tatsachen unterschlagen!«, brüllt Mornios.

»Nein, das hatte mit der Untersuchung überhaupt nichts zu tun, zumindest nicht in dem Moment, als die Sache ihren Anfang genommen hat.«

»Aha, na dann.«

»So wie die Dinge nun einmal stehen, nämlich auf dem Nullpunkt, kann es jedoch ein interessantes Indiz sein.«

»Legen Sie los, mein Sohn.«

»Ich hab Ihnen das nicht berichtet, weil ich dachte, dass es sich um eine rein persönliche Angelegenheit zwischen dieser Klientin und mir handelt … vergessen Sie nicht, das war am ersten Tag … Diese Estelle oder so genannte Estelle hat ihren Brief am frühen Nachmittag in meinen Briefkasten geworfen … Ich habe diesen Brief gegen siebzehn Uhr gelesen … Das Mädchen hat mich angerufen … Ich habe in der Stadt zu Abend gegessen, war im Kino und ging dann nach Hause … Das war so gegen Mitternacht …«

»Können Sie das alles im Kopf behalten, Le Têtard?«, unterbricht Mornios.

»Ja, Chef.«

»Fahren Sie fort«, fordert mich Mornios auf.

»Nun, was ich Ihnen also nie gesagt hab, ist, dass das Mädchen mich zu dieser späten Stunde noch mal angerufen hat, weil sie mit mir am Telefon Liebe machen wollte!«

»Und das haben Sie natürlich auch getan«, sagt Mornios.

»Das habe ich nicht getan, und zwar weil ich es lieber in echt gemacht hätte.«

»Das war vielleicht ein Fehler«, sagt Mornios. »Weil die Kleine womöglich eine hübsche Stimme hat, ansonsten jedoch hässlich ist.«

»Daran hab ich auch schon gedacht. Wie ich Ihnen aber bereits zu Anfang gesagt habe, war ihre Stimme nicht bloß hypersexy, sie klang auch jung. In diesem Punkt konnte sie unmöglich schummeln. Und für mich ist ein junges Mädchen niemals hässlich.«

»Für so alt hab ich Sie gar nicht gehalten!«, ruft Mornios.

»Kurz und gut, während ich über die ganze Geschichte wieder und wieder grübelte, kam mir der Gedanke, dieser ziemlich unerwartete Vorschlag, mit dem ich sicherlich zunächst mal an der Nase herumgeführt werden sollte, könnte ja auch eine Art professioneller Reflex gewesen sei … und das hat mich auf die Idee gebracht, dass wir mal in der Telefonsexbranche nachforschen sollten … Auch auf gut Glück … Mal sehen, wohin uns das führt.«

»Wir haben ohnehin keine andere Spur«, räumt Mornios ein.

»Wenn meine Frau nicht zu Hause ist, bin ich häufig versucht, eine dieser Telefonsexnummern anzuwählen«, erklärt Le Têtard, »hab es aber bisher nie gewagt.«

»Warum?«, fragt Mornios.

»Ich weiß nicht.«

»Dann sag ichs Ihnen. Sie haben so große Angst vor Frauen, dass Sie sogar Angst davor haben, eine weibliche Stimme am Telefon zu hören!«

»Schon möglich.«

»Aber sicher.«

»Das spielt jetzt keine Rolle«, sage ich. »Von jetzt an zählt für uns nur eins: Aktion!«

»Das lässt sich leicht sagen«, bemerkt Mornios. »Dumm dabei ist nur, dass es da um mehr geht als um eine Telefonnummer, mit einer dicken Dame im String am Ende der Leitung, die an einem kleinen Schreibtisch hockt und Anrufe annimmt. Das ist ein Riesengeschäft … was erzähl ich da? … eine regelrechte Industrie, die in Paris hunderte von Leuten beschäftigt, wenn nicht sogar tausende … und in der, ganz nebenbei gesagt, Arbeitslosigkeit ein Fremdwort ist!«

»Ein bisschen wie bei der Polizei, was?«, knüpft Le Têtard an.

»Le Têtard, noch eine Bemerkung von der Sorte, und ich lass Sie an die Wand stellen«, sagt Mornios.

»War nur ein Witz, Chef.«

»Eigentlich sollten Sie genügend Dienstjahre auf dem Buckel haben, um zu wissen, dass Witze über die Polizei die Polizei noch nie zum Lachen gebracht haben.«

»Ja, stimmt eigentlich!«

»Da wir gerade von der Polizei reden«, greife ich ein, »die hat doch wohl schon Berichte über diese Materie verfasst!«

»Wo hab ich nur meinen Kopf?«, ruft Mornios aus. »Tatsächlich haben uns die vom Staatsschutz erst neulich eine umfassende Untersuchung zum *Téléphone rose* zukommen lassen! Eine weitere übers *Minitel* ist in Arbeit. Holen Sie das Ding her, Le Têtard, es befindet sich im Aktenschrank im Sekretariat.«

»Aber Chef, ich dachte, das Dossier wäre als ›geheim/gesperrt‹ klassifiziert.«

»Ganz und gar nicht. Nur die Abhöraktionen gegen Journalisten durch den Élysée sind als ›geheim/gesperrt‹ eingestuft. Und hier geht es ja nicht um Journalisten. Folglich kann das Dossier weitergegeben werden.«

»Gut, Chef.«

Le Têtard kehrt mit einer Akte zurück: eine vierhundert Seiten starke Schwarte, darunter hundert Seiten Tabellen, Grafiken und diverse Anhänge … Eines dieser Monumente, die eindeutig belegen, dass die französische Polizei, sobald es darum geht, anderen ihr Gehör zu leihen, wahrhaftig die Nummer eins auf der Welt ist. Diese Prachtausgabe von einem Bericht wurde im Übrigen unter der Leitung eines ehemaligen Verantwortlichen der Antiterror-Einheit des Élysées ausgearbeitet – das sagt doch schon alles!

Da das Werk so anschaulich wie vollständig ist, finden wir nach wenigen Minuten absolut alles, was wir wissen wollen. Am 1. Juni 1997, dem Stichtag des Berichts, gibt es in Paris »intra muros« – also innerhalb des *Périphérique* – nicht weniger als 154 aktive Telefonsex-Zentralen. Die kleinste beschäftigt 3 Frauen, die größte 27. In ganz Paris sind 1157 Animateusen registriert, also durchschnittlich 7 pro Agentur. Diese bewältigen zwischen 10000 und 12000 Gespräche pro Tag. Die Kosten besagter Gespräche liegen angeblich zwischen hundertfünfzig und einigen tausend Francs, je nach Fantasien und Finanzkraft des jeweiligen Gesprächspartners, diverse Statistiken erlauben jedoch, sie auf 350 Francs im Durchschnitt zu beziffern. Von diesen Grunddaten ausgehend, erwirtschaftet die Telefonsexindustrie einen täglichen Umsatz von ungefähr 3,85 Millionen Francs, also circa 115,5 Millionen Francs im Monat und annähernd 1,386 Milliarden Francs pro Jahr. Mornios knallt mir die Zahlen nur so um die Ohren.

»Reden Sie jetzt von alten Francs oder von neuen?«, fragt Le Têtard nach, der jetzt wirklich ganz bei der Sache ist.

»Von neuen natürlich!«, erwidert Mornios. »Hämmern Sie sich das gut in den Schädel, Kamerad. Der Jahresumsatz des *Téléphone-rose*-Gewerbes beläuft sich auf fast eineinhalb Milliarden schwere Francs! Und wir reden hier nur von Paris!«

»Ja, richtig, da bleibt ja noch Frankreich!«, sagt Le Têtard.

»Ganz Frankreich, das ununterbrochen masturbiert!«, ergänzt Mornios.

»Und deshalb hängen auch überall diese großen Plakate!«, meint Le Têtard. Die beiden geraten mächtig in Fahrt.

»*Osez le Réseau!* – Wag dich ins Netz!«

»Ganz zu schweigen von diesen Anzeigen in der Presse!«

»›08 08 08 801 69 69 69, heiße Gespräche mit tabulosen Frauen‹!«

»Ein Land, das in einem solchen Maße masturbiert, kann nicht von Grund auf schlecht sein!«

»Genau!«

»Ich frag mich gerade, wie viel sind 135 Milliarden alte Francs in Euro.«

»Zwölfeinhalb Millionen.«

»Das ist ne ganze Menge.«

»Darum geht es jetzt nicht«, hält Mornios dagegen. »Die Frage ist doch, ob unser Freund, der hier anwesende Privatdetektiv, sich Manns genug fühlt, sich die tausend in Paris aktiven Animateusen so lange anzuhören, bis er die Stimme wieder erkennt, die offenbar alles ausgelöst hat.« Zu mir gewandt, fügt er hinzu: »Bei einem derart blutigen Fall wird uns die Richterin die Abhöraktion nicht verweigern. Wir werden uns also jeden Tag die Bänder bringen lassen ... Sie richten sich hier in einem Büro ein und hören sich die Dinger so lange an, bis Sie die Frau, die Sie angerufen hat, entdeckt haben. Einverstanden?«

»Im Prinzip ja«, entgegne ich. »Aber wir müssen das anders anpacken. Das hieße nämlich die Nadel im Heuhaufen suchen ... Ich kann mich doch nicht hinsetzen und mir zehn- oder zwölftausend Gespräche am Tag anhören! Das schaffe ich im Leben nicht.«

»Dann seh ich nicht, wie wir es sonst ...«

»Aber sicher doch! Diese Sache hat sich hier in unserem Viertel angebahnt. Ich kann mir zwar nicht alle heißen Gespräche von ganz Paris anhören, aber sicher diejenigen, die von den Zentralen hier in Montparnasse geführt werden, sofern es welche gibt.«

»Anhang 13. Standorte nach Arrondissement«, sagt Mornios.

Wir konsultieren den Anhang sowie die beigefügten Pläne. Die meisten »rosa« Telefone finden sich im Zentrum von Paris zusammengeballt, außerdem entlang einer Achse Halles–Saint-Lazare–Pigalle, die sich ganz offensichtlich mit den wichtigsten Prostitutionsbezirken deckt. Recht zahlreich findet man sie auch im Sektor 12. Arrondissement, Bastille, Bois de Vincennes, und zahlreicher noch im Sektor Neuilly, Auteuil, Passy, Bois de Boulogne, Avenue Foch. Sonderbarerweise sind die Agenturen in den Vierteln Montmartre und Montparnasse, die, prostitutionell gesprochen, ihren Glanz von einst verloren haben, eher spärlich gesät. In dem besonderen Sektor, der uns interessiert – Vavin, Denfert-Rochereau, Gaîté, Gare Montparnasse –, gibt es nur sieben solcher »rosa« Adressen mit nicht mehr als dreißig beschäftigten Unterhalterinnen. Dreißig Animateusen anhören ... pro Tag zwischen drei- und sechshundert Unterhaltungen belauschen ... gewiss eine wahrhaft benediktinische Fleißarbeit ... aber auch eine Arbeit, der ich mich hinreichend gewachsen fühle, ich muss mich halt tüchtig ins Zeug legen!

Binnen vierundzwanzig Stunden erwirkt Mornios die Erlaubnis, jene Damen unter Telefonüberwachung zu stellen; Punkt neun Uhr jeden Morgen bringt uns eine Motorradstreife die am Vortag aufgenommenen Bänder; ich richte mich in der Polizeiwache häuslich ein und verbringe acht Tage, bei zehn Stunden pro Tag, mit dem Abhören dieser Traulichkeiten – amüsante Dinge, für sich betrachtet, doch erschreckend, wenn man sie im Ganzen nimmt: Alle Männer äußern annähernd die gleichen Wünsche, alle Frauen antworten ihnen mit annähernd den gleichen Worten, die Stimmen sind allesamt verschieden, die Gedanken allesamt ähnlich, Lacher, Seufzer, Keuchen und Stöhnen verschwimmen, es erscheint einem so, als stehe man vor einem gigantischen Ameisenvolk, das ständig nur bumst und Unzucht treibt. Am Abend des achten Tages kann ich nicht mehr, doch ich muss mich den Tatsachen stellen ... Ich habe *Die Stimme* nicht gehört. Ich suche Mornios in seinem Büro auf und sage es ihm.

»Sind Sie da wirklich sicher?«, fragt er mich.

»Absolut sicher.«

»In dem Fall bleibt uns nichts anderes übrig, als die Sache fallen zu lassen.«

»Nein! Weil ich nämlich etwas anderes herausgefunden hab. Eine ganze Reihe dieser Animateusen beschränkt sich nicht nur auf Unterhaltungen, sondern ist auch zu Treffen mit den Kunden bereit. Die Damen mauscheln mit anderen Frauen und Männern … Ich bin mir fast sicher, dass das *Téléphone rose* alle möglichen Geschäftchen und Machenschaften abdeckt. Wahrscheinlich ist das Verbrechen, mit dem wir uns beschäftigen, nicht nur von einer einzigen Frau begangen worden. Dafür brauchte es einen Mann oder sogar mehrere, um etwa den Kopf abzutrennen, um den Körper verschwinden zu lassen … Da wir leider überhaupt keine andere Fährte haben, schlage ich vor, diese hier weiterzuverfolgen.«

»Und wie soll das gehen, wo die ganze Abhöraktion doch nichts gebracht hat?«

»Indem wir uns irgendwie eine Kontaktperson im Gewerbe sichern.«

»Haben Sie etwa vor, eine der Animateusen zu schmieren?«

»Zu riskant. Allerdings hätte ich unter diesen Damen gern ein Mädchen, auf das wir uns voll und ganz verlassen könnten. Soweit ich weiß, sind diese Nummern ständig auf der Suche nach neuen Stimmen, weil die Kunden ständig auf neue Reize aus sind. Die Agenturen sind daher gezwungen, die Frauen regelmäßig auszuwechseln, so wie man in den Bordellen die Mädchen ausgewechselt hat. Und genau deshalb schalten sie andauernd Anzeigen in diesen kostenlosen Zeitungen, die inzwischen die ganze Stadt überschwemmt haben. Wir sollten also die betreffenden Anzeigen im Auge behalten, und sobald die wichtigste Agentur von Montparnasse anwirbt, sollten wir zusehen, eine junge Frau zu den Vorstellungsterminen zu schicken, in der Hoffnung, dass sie auch genommen wird!«

Mornios schlägt mit der Faust auf den Tisch. »Ich hab die passende Kandidatin! Ich weiß eine!«

»Céline Dion? Sexy Organ, klar doch!«

»Irène Beaumont. Ein hübsches Mädchen, arbeitet momentan als Polizeiassistentin bei der Personaldirektion. Die Kleine langweilt sich im Innendienst zu Tode. Sie hat mir schon mehrfach gestanden, wie sehr sie sich eine Versetzung wünscht, bei der ihr Leben ein wenig aufregender wär, und ich hab ihr versprochen, wenn sich die Gelegenheit ergibt … Außerdem hat sie wirklich eine laszive Stimme. Die ist hundertprozentig die Person, die wir brauchen!«

»Sie werden ihr trotzdem sagen müssen, dass es sich hier keineswegs um einen gemütlichen Einsatz handelt! Erstens: Falls man sie überhaupt einstellt, wird sie sich wie eine waschechte Telefonsex-Animateuse verhalten müssen … was ihr ja nicht unbedingt gefallen wird … Zweitens: Falls wir richtig liegen und tatsächlich Kriminelle aufscheuchen, könnte sie in große Gefahr geraten …«

»Die hat vor nichts Muffe … Sie hat Charakter und liebt das Risiko. Ich bin sicher, dass sie einverstanden ist.«

»Wenn dem so ist, gebe ich grünes Licht.«

»Ihr direkter Vorgesetzter ist ein alter Bekannter, wir gehören zum selben Beförderungsjahrgang. Ich ruf ihn sofort an. So, wie ich den kenn, sind wir innerhalb von drei Tagen startklar.«

8

In der folgenden Woche schaut Mornios bei mir vorbei und verkündet mir, die Sache sei geregelt. Die Polizeiassistentin Irène Beaumont wird dem Revier in der Rue Delambre für sechs Monate zugewiesen. Die Abteilung »Echte-falsche Papiere« der Pariser Polizei hat ihr sofort einen falschen Lebenslauf gebastelt, den sie eventuellen Arbeitgebern wird vorzeigen können. Auf diesen echten Papieren ist ihr Name zu Isabelle Berliet geworden, und natürlich nennen auch wir sie nur noch so. Sie ist dreißig. Und arbeitet angeblich seit fünf oder sechs Jahren als Kinderpflegerin im Städtischen Hort des 6. Arrondissements, Rue de Vaugirard.

»Ich kann es kaum erwarten, sie zu sehen«, sage ich zu Mornios. »Wann werden Sie sie mir vorstellen?«

»Ein Treffen kommt für uns überhaupt nicht in Frage, nicht mal aus der Ferne!«, entgegnet Mornios. »Dann wäre sie doch sofort verbrannt.«

»Da bin ich anderer Meinung«, sage ich nach kurzem Überlegen. »Wenn Sie oder Le Têtard ihr aus dem Weg gehen, finde ich das in Ordnung, denn das könnte die Leute ja darauf bringen, dass sie zur Polizei gehört. Aber ich? *Die Stimme* und ihre Komplizen werden sich wohl denken, dass ich nach allem, was passiert ist, der Polizei letzten Endes meine Mithilfe angeboten hab, andererseits aber wohl auch weiterhin auf eigene Faust ermittle, da ich bekanntlich Privatdetektiv bin. Nun, treten wir einmal kräftig in den Ameisenhaufen … und seis auch aufs Geratewohl! Ich denke mir also Folgendes: Wenn ich mit diesem Mädchen im *Raspail Vert,* wo mich *Die Stimme* bekanntlich mehrfach gesehen hat, zwei- oder dreimal ein Gläschen trinke, wird das nicht unbemerkt bleiben und von Seiten unserer Freunde womöglich eine Reaktion provozieren, wodurch wir unter Umständen endlich mal irgendwas Konkretes in die Hand bekämen. Im Augenblick haben wir nämlich nichts anderes als heiße Luft.«

»Pech für diese echt-falsche Telefonsex-Animateuse, wenn sie dadurch einer gewissen Gefahr ausgesetzt wird!«, sagt Le Têtard.

»Genau! Ihr Pech! Man kann kein Omelett machen, ohne Eier zu zerschlagen«, meint Mornios.

Am nächsten Tag sitze ich kurz vor siebzehn Uhr auf der Terrasse des *Raspail Vert* und warte. Ich bin auf 180. Würde gern wissen, wie sich die Dinge entwickeln, doch das hängt ja keineswegs allein von mir ab ... Ich bestelle einen doppelten Monaco, der mich etwas beruhigt, bestelle einen zweiten und sehe dann endlich diejenige, mit der ich verabredet bin, aus der Metrostation kommen und mit entschlossenem Schritt auf das Café zugehen. Auf der Terrasse angelangt, inspiziert sie die Gäste zunächst mit einem raschen Blick und wendet sich dann ohne Zögern in meine Richtung. Ich stehe auf.

»Barnabé Follope, nehme ich an?«

Ich würde ihr gerne antworten, werde aber von einem plötzlichen Zittern gepackt. Volle zehn Sekunden halluziniere ich. *Die Stimme!* ... Die Stimme dieses Mädchens ist nicht hundertprozentig die Stimme, die ich gehört habe und die mein Leben vom ersten Moment an völlig durcheinander gebracht hat, aber beinahe! ... Nur einen Hauch weniger belegt ... einen Hauch rauer ... und sie wäre es! ... Offenbar mache ich einen ziemlich verdatterten Eindruck, denn das Mädchen fragt nochmals: »Herr Barnabé Follope, nicht wahr?«

Sie reicht mir die Hand, ich drücke ihr diese, wir setzen uns.

»Entschuldigen Sie bitte, aber Ihre Stimme hat mir einen solchen Schock versetzt, dass ich fast aus den Latschen gekippt bin!«

»Ah, meine berühmt-berüchtigte Stimme ...«, erwidert sie und lacht leise. Ich habe das Gefühl, Marlene Dietrich mit Schlagsahne gurgeln zu hören … »Unser gemeinsamer Freund, Inspektor Mornios, hat davon gesprochen …«

»Wie Recht er hatte, Mademoiselle Irène …«

»Isabelle Berliet! Vergessen Sie das nicht!«

»Isabelle, Verzeihung.«

»Was ist dieses Zeug da in dem großen Glas mit dem beängstigenden Farbton?«

»Ein doppelter Monaco. Bier plus Grenadine. Wollen Sies mal probieren?«

»Nein, lieber einen Kaffee.«

Ich bestelle einen Kaffee, wir beginnen zu plaudern. »Isabelle« ist ein großes, kräftiges Mädchen um die dreißig: modern gekleidet, Jeansblouson, kantiges Gesicht, tatsächlich nicht sonderlich hübsch, kurze Haare, braun gesträhnt, aber große, lebhafte Augen, gepflegte Hände … Und was für eine Stimme! Sie gesteht mir sofort, wie sehr sie sich doch freue, sich in dieses Abenteuer stürzen zu können, weil sie den Büroalltag wirklich satt habe. Mornios hat sie gut beschrieben. Charakter, Risikofreude und wirklich vor nichts Muffe. Ich verhehle ihr nicht, dass wir uns blindlings in ein Gewerbe hineinwagen würden, von dem wir fast keine Ahnung hätten: Vielleicht befänden wir uns ja total im Irrtum, und unter Umständen erweise sich diese Telefonsex-Agentur als ebenso Furcht erregend wie ein von Barbara Cartland zur Teatime gelutschtes Lukum, doch es sei nicht ausgeschlossen, dass sie in große Gefahr gerate. Wie dem auch sei, sie habe keine Angst: Sie werde ständig auf der Hut sein, habe immer Elektroschocker in der Tasche, und außerdem habe sie ja Karate gemacht, erklärt sie mir.

Wir treffen uns fünf Tage hintereinander im *Raspail Vert.* An zweien davon kommt sie danach auf ein Schwätzchen in den Laden. Und jedes Mal macht sie, nachdem sie mich verlassen hat, noch einen Gang durchs Viertel. Wie viele etwas hässliche Mädchen, die keine Angst haben, angebaggert zu werden, sobald sie jemanden ansprechen, ist sie eher kontaktfreudig. Sie hat wirklich den Dreh heraus, unter diesem oder jenem Vorwand mit allen möglichen Leuten zu quatschen, ob Bereichsbulle, Behindertenbetreuer, Pin-up der Fondation Cartier, Kioskbetreiber an der Kreuzung Vavin, Austernöffner des *Dôme* und so weiter. Der Austernöffner, dessen Stand ja, mitten auf dem Gehsteig, gerade mal zwanzig Meter von meinem Büro entfernt in der Rue Delambre liegt, fragt sie, ob sie nicht Monsieur Follopes neue Assistentin sei, denn es ginge im Viertel das Gerücht um, dass dieser alte Irre sich Gott weiß warum eine zugelegt habe. Lachend verneint sie dies und meint noch, selbst wenn dem so wäre, würde sie es ihm sowieso nicht sagen. Kaum zu Hause, erzählt sie mir das Ganze am Telefon, und ich erzähle es Mornios weiter. Genau wie ich findet er das sehr gut. Die Mörder dürften sich, sofern sie auf der Lauer liegen, was ich fest glaube, nun sagen, dass ich irgendetwas im Schilde führe.

Wir durchforsten jeden Tag die Gratisblätter und widmen uns vor allem den Anzeigen, mit denen Animateusen gesucht werden. Das XIVe Arrondissement hat seine eigene Zeitung, nämlich *Le 14*, sie erscheint jeden Mittwoch, angeblich mit einer Auflage von einhundertfünfzigtausend Exemplaren. Und genau dort erscheint am zweiten Mittwoch, nachdem Isabelle ins Spiel gekommen ist, die so fieberhaft erwartete Anzeige!

»HEISSE DIALOGE«
Gesellschaft für Bekanntschaften per Telefon
STELLT UNTERHALTERINNEN EIN
Bereich Montparnasse
Ausgezeichneter Lohn – Sozialleistungen.

Um neun lese ich die Annonce, um fünf nach neun bringe ich sie Isabelle zu Gehör, um zehn ruft sie bei der Agentur an, sie wird für elf Uhr zu einem Vorstellungsgespräch gebeten, und gegen Mittag ist sie eingestellt. Was sie mir sofort mitteilt. Der Sitz besagter Telefonzentrale liegt am Boulevard Montparnasse, an der Ecke Rue Campagne-Première – kaum dreihundert Meter vom Ort des Verbrechens entfernt.

Man könnte wirklich meinen, der geometrische Mittelpunkt der ganzen Angelegenheit sei die Kreuzung Raspail/Montparnasse, an der just Rodins Statue von Balzac errichtet worden ist! ... Da steht der große Schriftsteller nun im Hausrock, den Körper gekrümmt, den Kopf zurückgeworfen, und scheint von oben ... und schräg von der Seite ... alles zu beobachten, was sich zu seinen Füßen abspielt ... die Leidenschaften, Tragödien, Verbrechen, die die Pariser Straßen ausschwitzen ... durch seine Fußsohlen dringen sie in ihn ein, steigen in diesem von nervösen Zuckungen geschüttelten Körper auf ... und werden schließlich in seinem Kopf explodieren! ... In seiner Gier nach dem Realen hätte er sich mit Sicherheit dieser Geschichten um das *Téléphone rose* angenommen, der gute Mann ... Er hätte es wahrscheinlich sogar selbst genutzt! ... »Hallo, *Agence Comédie Humaine?* ... Honoré am Apparat ...«

9

Unsere Wagemutige beginnt ihre Arbeit bereits am nächsten Tag. Die Agentur selbst arbeitet zwar vierundzwanzig Stunden, aber die Frauen arbeiten nur vier Stunden pro Tag – vier Stunden am Stück. Die Erfahrung lehrt nämlich, dass es ihnen nach diesen vier Stunden an Frische mangelt. Für ihre erste Woche bekommt Isabelle die Schicht zwischen vierzehn und achtzehn Uhr zugeteilt. Wir haben abgemacht, dass sie mich jeden Abend anruft, sobald sie von der Arbeit nach Hause kommt. Doch der Abend verstreicht, ohne dass sie sich gemeldet hat, und gegen zweiundzwanzig Uhr mache ich mir allmählich ernsthaft Sorgen. Endlich klingelt das Telefon.

»Herr Follope?«

»Ah, Sie sinds! Ich hab es kaum erwarten können, etwas von Ihnen zu hören!«

»Alles in bester Ordnung!«

»Ja, nur hab ich am späten Nachmittag mit Ihrem Anruf gerechnet. Und, wie war der erste Tag?«

»Na ja, gar nicht so schlecht, stellen Sie sich mal vor ... Die Mädchen dort sind recht sympathisch, die Atmosphäre ist locker, wir haben sogar ziemlich viel gelacht ... Ich hab mich etwas verspätet, weil ich eins der Mädchen, das mit mir Feierabend hatte, noch bis Châtelet begleitet hab ... Und dann sind wir eine Pizza essen gegangen ... Sie hat mir das so furchtbar nett vorgeschlagen, und ich will doch nicht so dastehen, als wär ich was Besseres ... Ich dachte, Sie hätten sicher nichts dagegen einzuwenden, ich muss doch in der Gruppe Fuß fassen ...«

»Daran hatte ich gar nicht gedacht ... Doch, war sicher sinnvoll ... Ich werde nicht vergessen, Inspektor Mornios darüber zu informieren ...«

»Er soll sich keine grauen Haare wachsen lassen … Das Ganze scheint mir richtig familiär …«

»Klar, natürlich … Und mit den Kunden … ääh … ich meine die Anrufer, wie ist das mit denen so gelaufen?«

»Na ja … Haben Sie fünf Minuten Zeit?«

»Ich hab so viel Zeit wie nötig.«

»Na ja, das ist eher besser abgelaufen, als ich geglaubt hätte … Am Anfang war mir ziemlich mulmig zumute … und dann … kaum dass ich losgelegt hab … ist dieses Angstgefühl verschwunden, wie durch Zauberei … und ich hab die Gespräche so problemlos bestritten, als hätt ich mein ganzes Leben lang nichts anderes gemacht!«

Sie stößt ein kleines, kristallklares Lachen aus, ich bemerke, dass ich den Telefonhörer fester umklammere.

»Aber …«, sage ich, während ich meine Frage so zu formulieren versuche, dass sie nicht verlegen wird. »Gab es … in dem ganzen Wust … keine allzu säuischen Gespräche?«

»Doch …«, antwortet sie mit versonnener Stimme. »Aber merkwürdigerweise waren das die Momente, in denen ich das Spiel am besten gespielt hab … in denen ich, wie mir scheint, am besten geantwortet habe! Ich sage es Ihnen offen und ehrlich … das hat mich selbst erstaunt … Und ich hatte mir fest vorgenommen, mit Ihnen darüber zu reden … Falls es Ihnen nichts ausmacht oder Sie nicht langweilt …«

»Aber nein … Ganz und gar nicht …«

Meine Hand hat sich von selbst um den Telefonhörer geschlossen, und jetzt kippt auch noch meine Stimme. Ich hoffe nur, es ist Isabelle nicht aufgefallen. Der Gedanke, dass dieses junge Mädchen, dem ich nicht einmal das diskreteste Kompliment zu machen gewagt hätte, so mir nichts, dir nichts obszöne Unterhaltungen mit Unbekannten bestritten hat, verwirrt mich … Ein paar Sekunden lang bin ich wie vor den Kopf geschlagen …

»Hallo!«, ruft was energisch am anderen Ende der Leitung. »Hören Sie mich? Sind Sie noch dran, Herr Follope?«

Mich schaudert … Ich fahre aus meiner Betäubung auf … Diese Stimme und dieser Satz treffen mich wie ein Messerstich mitten ins Herz. Ich erinnere mich! Es ist beinahe derselbe Satz, und es ist beinahe dieselbe Stimme wie am ersten Tag, spätabends, als ich gerade aus dem *Raspail Vert* zurückgekehrt war und meine unbekannte Gesprächspartnerin versucht hat, mit mir am Telefon Liebe zu machen.

»Follope!«

»Ja … ich bin da … Ich hab mich nur einen kurzen Augenblick abgewendet, ich dachte, es hätte an der Tür geklingelt. Entschuldigen Sie bitte!«

»Ich wollte Ihnen gerade etwas erzählen«, meint die Stimme, die sich wieder beruhigt hat. »Wenn Sie aber was zu tun haben, erzähl ichs Ihnen morgen, es eilt ja nicht.«

»Nein, nein, meine Kleine! Im Gegenteil, das Ganze interessiert mich brennend! Schade, dass Sie mich nicht sehen können. Ich hab mich in meinen Sessel gefläzt, die Füße auf meinen Schreibtisch gelegt und lausche allem, was Sie mir zu sagen haben!«

»Es ist ja nicht wichtig«, fährt sie umschmeichelnd fort. »Doch ich bin froh, mit jemandem darüber reden zu können. Sie haben ja viel gelesen, Monsieur Follope … Zweifellos sind Sie besser als ich selbst in der Lage zu verstehen, was mit mir vorgeht …«

»Ich kann es jedenfalls versuchen.«

»Wie ich Ihnen schon sagte, eigentlich bin ich ja eher zurückhaltend, und etwas gewagte Gespräche, wie man sie unter Mädchen im Gymnasium oder an der Uni führen mag, habe ich schon immer verabscheut … Aber von einer Minute zur anderen war ich imstande, diese obszönen Dialoge zu bestreiten … Den Grund dafür könnte ich Ihnen wirklich nicht sagen! … Nun, die dritte dieser Unterhaltungen hat sich auf ganz unerwartete Weise abgespielt ... Sind Sie noch dran?«

»Ja.«

»Es war kurz nach zwei Uhr. Man hat mir erklärt, das sei eine ziemlich tote Zeit, weil die Männer bis zwei Uhr von ihren Büros aus anrufen, dann zum Mittagessen gehen und erst so gegen drei Uhr wieder zurückkommen ... Und zwar ziemlich angetörnt, wenn Sie verstehen, was ich meine ... Nun, es war also Viertel nach zwei ... Dann kam diese Flaute ... Ich hatte gerade meine beiden ersten Anrufe hinter mir ... zwei ganz einfache Anrufe ... die ich ohne Schwierigkeiten abwickeln konnte ... Das Telefon hatte seit circa zehn Minuten nicht mehr geklingelt. Wir waren zu viert in dem Raum, in dem wir die Gespräche führen. Zwei der Mädchen sind aufgestanden, sie meinten, es sei jetzt ruhig, sie wollten einen Kaffee trinken und sind gegangen ... Ich blieb mit einer anderen allein, einer Blondine ... Hübsches Mädchen, nicht sehr groß, aber gut gebaut, fünfundzwanzig, sympathisch ... Sie heißt Joëlle. Sie trug ein weißes T-Shirt, einen langen Rock und Ballerinas ... Die Sorte von Mädchen, die Schauspielunterricht nimmt, ein bisschen clean, ein bisschen cool, aber trendy ... Sie saß mir genau gegenüber und fing an, die *Cosmopolitan* zu lesen ... Das Telefon klingelt, sie macht mir ein Zeichen, ich solle drangehen.

Ich nahm den Hörer und hörte die Stimme eines reifen Mannes ... Eine ziemlich tiefe Stimme ... ernst, gedehnt, bedächtig ... Nicht so jung und aufgekratzt wie meine beiden ersten Anrufer. Ich erkannte sofort, dass dies eine ganz andere Unterhaltung werden würde ... Dass ich jemanden an der Strippe hab, der sich keinesfalls mit Kinkerlitzchen begnügt ... Er hat mir sofort die Nummer seiner Kreditkarte gegeben ... ich prüfte sie auf dem Computer, wie man es mir gestern gleich beigebracht hat ... Keine Kreditlimite ... Ich sagte, okay, Monsieur, ich hör Ihnen zu … Er hat kurz gelacht und nicht gleich angefangen, mir irgendwelche Unflätigkeiten zu flüstern … Vielmehr hat er mich aufgefordert, ihm zu erzählen, was ich anhabe … von oben bis unten … drüber und drunter … Ich hab es ihm gesagt … Er hat es wiederholt, wobei er sich Zeit ließ … als ob er meine Antworten aufgeschrieben hätte … ohne jeden Kommentar … Herr Follope? … Sind Sie noch dran?«

»Ja …«

»Diese Stimme … diese Langsamkeit … Ich fühlte mich plötzlich unbehaglich und winkte Joëlle, dass ich nicht sicher war, mich aus der Affäre ziehen zu können … Sie lächelte, legte ihre Zeitschrift weg … Sie näherte sich meinem Apparat … drückte auf einen Knopf, und mit einem Schlag waren wir auf Konferenzschaltung … Die Stimme des Typs war klar und deutlich im Raum zu hören … Joëlle zeigte mit dem Finger auf das im Telefonapparat eingebaute Mikrofon … Ich begriff, dass ich freihändig weiterreden konnte … und legte leise den Hörer hin …

Der Typ hat keine besonders schmutzigen Sachen verlangt, aber er wusste genau, was er wollte. Er sprach die ganze Zeit in einem unbeteiligten Ton … Ich spürte, dass ich im gleichen Ton antworten sollte, ohne so zu tun, als legte ich einen Hauch von Leidenschaft oder auch nur von geheimem Einverständnis in meine Antworten, wie ich es bei den ersten Anrufern getan hatte … Er wollte, dass ich mit kalter Stimme spreche, objektiv, wenn ich so sagen darf … Ich hatte Angst, dem nicht gewachsen zu sein … Joëlle erkannte das … Ich geriet langsam in Panik … Sie hatte sich wieder in ihren Sessel gesetzt, mir gegenüber, und gab mir mit einem Kopfnicken zu verstehen, dass sie mir helfen würde … Und da sie jetzt alles, was der Typ sagte, genauso gut hörte wie ich, hat sie mir die passenden Antworten tonlos vorgesagt … Kapieren Sie den Trick?«

»Ja … ich kapier schon …«

»Das ist ein paar Minuten so gegangen ... Und dann ... Ich weiß nicht so recht, wie das kam ... Dann ist mir plötzlich bewusst geworden, dass ich die Antworten nicht mehr von Joëlles Lippen ablas ... sondern dass Joëlle angefangen hatte, die ganzen Handlungen auszuführen, die der Typ verlangte ... Und zwar in echt ... Und ich ... ich beschrieb ihm diese Handlungen, die ich vor mir sah, als würde ich selbst sie ausführen ... Hallo?«

»Ja.«

»Hören Sie mir noch zu?«

»Ja.«

»Das müssen Sie mir mal erklären ...«

»Erzählen Sie weiter!«

»Joëlle hatte sich inzwischen nach hinten in den Sitz geworfen und die Beine über die Sessellehnen geschwungen ... Das rechte Bein über die rechte Armlehne, das linke über die linke ... Da lag sie also ... Ihr langer Rock bis zur Taille hochgezogen ... Ihre Beine waren nackt ... Sie erinnerte mich irgendwie an einen Frosch, mit ihren weißen, weit gespreizten Schenkeln ... Sie trug einen weißen Slip ... Sie hat ihn mit der linken Hand zur Seite geschoben ... ich hab ihre ... ihre Möse gesehen ... Ganz schmal ... Aber fleischig ... Ganz weiß und völlig enthaart, was mich ziemlich überrascht hat ... Follope, mögen Sie das, wenn Mädchen enthaart sind?«

»Ich ... ich weiß nicht ...«

»Und während ich dem Typ also weiterhin gehorchte und ihm das alles so beschrieb, als würd ich es selbst machen – da hatte ich das Gefühl, mein Kopf würde gleich platzen ... Und dabei spürte ich genau, dass es noch lange nicht vorbei war ... Die Stimme schlug urplötzlich um, wurde brutal, jähzornig ... Die Befehle kamen nun ganz abgehackt ... Er wurde unflätig, begann zu schimpfen ... In Joëlles Augen konnte ich lesen, dass wir es trotzdem zu Ende bringen mussten ... Der Kerl gab seine Befehle ...

Joëlle krempelte ihren rechten Ärmel hoch, machte die Hand schmal und schob sie mit zusammengelegten Fingern bis zum Ansatz der Möse … Nur gerade so über die Spalte … Dann hat sie lediglich den vierten Finger vorgestreckt und angefangen, sich ganz sanft zu streicheln, Follope … Der Schlitz hat sich schließlich von selbst ganz leicht geöffnet … ein dünnes Fädchen ist herausgelaufen, etwas Zähflüssiges, fast wie Schleim … Ja, es sabberte irgendwie … Der Typ hat wieder was anderes befohlen … er hat gebrüllt … und Joëlle legte plötzlich die Hände jeweils auf eine dieser wulstigen Lippen ihres Schlitzes … Die beiden Hände lagen vollkommen symmetrisch, was mich verblüfft hat … Und mit den drei längsten Fingern jeder Hand hat sie diese dicken Lippen ihres Schlitzes auseinander gezogen, der sich fast auf seiner gesamten Länge geöffnet hat … Genau wie sich eine Auster öffnen würde, wenn Austern sich auch so leicht öffnen würden! … Das hab ich dem Typ gesagt. Der Kerl glaubte, ich würde das an mir selbst machen, er hat mir befohlen, ihm zu beschreiben, wie das wär, innen drin … Sie können mir das jetzt glauben oder nicht, Follope, das ist etwas, das ich bis heute Nachmittag überhaupt nicht gewusst hab … Und zwar aus dem einzigen Grund, weil ichs mir noch nie angeschaut habe! Ich habe nicht den Mut gehabt, es ihm zu gestehen, und einfach geantwortet: Ja glauben Sie denn, ich kann sehen, was ich da mache? Er hat mir eine Beleidigung an den Kopf geworfen und gesagt: Nehmen Sie sich die Zeit, beugen Sie sich nach vorn, und schauen Sie nach! … Joëlle hat gelächelt … Das war wirklich ein komisches Gefühl, sie so liegen zu sehen, in dieser Haltung … so verkürzt … mit ihrem hübschen Gesicht oben und unten, aus meiner Perspektive kaum eine Handbreit davon entfernt, dieses Ding … Tief zwischen den Beinen der Frauen versteckt, voller Falten und Furchen, die im Innern verschwinden … und anderen, die vorstehen … und die die Frauen selbst nicht so recht benennen können… Joëlle hat mir etwas mit den Blicken gesagt … Ich habs verstanden … Ich hab mich vor ihr auf allen vieren niedergelassen, vor diesem Ding, das sie mir zeigte … All ihre Finger bewegten sich nun, zerrten *es* fürchterlich in alle Richtungen … und ich hab dem Typ erzählt, was ich sah. Ich war fast fertig, als das Gespräch schlagartig unterbrochen wurde … Follope? … Hallo? … Sind Sie noch immer dran? … Hören Sie mich?«

10

An den beiden folgenden Tagen gibts nichts zu berichten. Isabelle ruft mich pünktlich gegen zwanzig Uhr an. Die Geschichte mit dem Mann und der gebieterischen Stimme hat sich nicht wiederholt. Am Freitagabend jedoch ist Isabelle ganz aufgeregt, als sie mich anruft.

»Was ist los mit Ihnen?«, frage ich. »Haben Sie das Mädchen, das wir suchen, ausfindig gemacht?«

»Nein, aber ein Typ hat um eine Verabredung gebeten.«

»Sie?«

»Nein, eine Bekannte, mit der ich mich sehr gut versteh.«

»Diese Joëlle, von der Sie mir am ersten Tag erzählt haben?«

»Eine andere. Lucienne. Auch so um die dreißig. Die ist allerdings sehr ängstlich und hat mich gefragt, ob ich nicht an ihrer Stelle hingehen will.«

»Was sagt die Geschäftsleitung in einem solchen Fall?«

»Lucienne hat der Geschäftsleitung nichts davon erzählt, weil sie fürchtet, entlassen zu werden. Im Prinzip sind wir nicht verpflichtet, auf derartige Wünsche einzugehen, doch mit Sicherheit würde die Geschäftsleitung nicht gern erfahren, dass die Typen zu anderen Telefonnummern wechseln, wenn sie aus diesem oder jenem Grund der Ansicht sind, eine der Frauen hätte sie enttäuscht.«

»Und Sie, was denken Sie?«

»Ich hab mächtig Lust, zu dieser Verabredung zu gehen. Seit ich da angefangen habe, ist ja überhaupt nichts passiert, und das könnte uns vielleicht auf eine Fährte bringen. Ich hab meiner Bekannten gesagt, ich wär nicht abgeneigt, müsste aber noch mal darüber nachdenken. Ich würde das gerne zu dritt mit Mornios besprechen.«

»Perfekt. Können Sie diese Lucienne noch erreichen?«

»Kein Problem. Die hälts wie ich, nach Feierabend geht sie sofort nach Hause. Nach allem, was wir am Telefon verzapfen und zu hören bekommen, brauchen wir allesamt erst mal eine ordentliche Dusche!«

»Fein. Sagen Sie ihr, sie soll den Kerl anrufen, und der soll wiederum Sie anrufen. Lucienne braucht ihm nur zu sagen, sie selbst hätte ihre Regel, aber ihre beste Freundin, also Sie, wär für ne nette Bettnummer zu haben. Sollte sich der Typ anschließend bei Ihnen melden, dann sagen Sie ihm, dass Sie heute Abend nicht frei wären, weil man Ihnen zu spät Bescheid gesagt hätte, dass Sie aber morgen Zeit hätten. Lassen Sie sich die Uhrzeit und den genauen Ort der Verabredung geben. Falls alles glatt geht, treffen wir uns heute Abend um neun Uhr in der Rue de Lappe mit Mornios und nehmen das Ganze genau unter die Lupe.«

»Okay. Ich melde mich in zwanzig Minuten wieder.«

Eine Viertelstunde später ruft sie zurück. Der Typ ist einverstanden mit morgen Abend. Er hat ihr sämtliche Einzelheiten genannt.

Die Rue de Lappe ist nicht mehr das, was sie einmal war! Da gab es Handwerker, Bistros, *Bougnats, Bals-musettes.* Jetzt sind dort Boutiquen, Galerien, Bars, In-Discos. Das letzte altehrwürdige Dancing, das *Balajo,* wird jeden Freitagabend von Mondänen mit Moneten heimgesucht, die in dem ehemaligen Schlupfwinkel mit Aufenthaltsverbot belegter »Apachen« und mächtig verliebter Hausmädchen ihren verweichlichten Sterz schwenken wollen. Der einzige übrig gebliebene *bougnat* heißt *À la Galoche d'Aurillac.* Dort mampft man unter einer Girlande aus Holzpantinen, daher der Name, *tripoux* und *coq au vin,* während in einer Ecke ein schlecht rasierter, stämmiger Kerl im Pikeehemd ohne Krawatte, doch mit einem Gilet aus Baumwollsatin darüber und einem unförmigen schwarzen Filzhut auf dem Kopf dahockt und ständig

Musettes spielt, ohne auch nur einmal innezuhalten. Wir essen und quatschen. Isabelle berichtet nochmals, was sie mir bereits erzählt hat, und erklärt, der Kunde habe sich mit ihr in der Impasse Miremont, Nummer 32, erster Stock rechts, verabredet, wobei er ihr die genaue Uhrzeit noch durchgeben wolle. Mornios hört ihr mit seiner Bullenmiene zu und lässt sich noch die kleinste Kleinigkeit präzisieren. Dabei macht er sich auf einer Ecke der Papiertischdecke Notizen. Er weiß genau, wo die Impasse Miremont liegt – nämlich weniger als fünfhundert Meter von seinem Polizeirevier entfernt. Isabelle ist lachlustig und aufgekratzt, Mornios finster, und ich frag mich lieber erst gar nicht. Als wir sicher sind, die Angelegenheit wirklich von allen Seiten beleuchtet zu haben, steigen wir in Mornios' Wagen, um die Lage vor Ort zu sondieren. Die Nummer 32 der Impasse Miremont ist ein Wohnhaus aus den Dreißigern, isoliert am Ende eines zwischen Schuppen hindurchführenden Gässchens, wie es sie in diesem Viertel reichlich gibt. Man gelangt über einen kleinen, am Ende des Boulevard Edgar-Quinet gelegenen Square dorthin. Der westliche Ausgang dieses Square geht direkt auf die Sackgasse. Das Haus ist ein gewöhnliches Mietshaus von vier Stockwerken. Jeweils vier Fenster pro Geschoss, wahrscheinlich je zwei Wohnungen. Als Treffpunkt wurde die erste Etage rechts genannt, durch deren verschlossene Läden im Augenblick kein Licht nach außen dringt. Die Conciergeloge direkt darunter ist erleuchtet. »Schon komisch«, meint Mornios, »sehen Sie die erleuchtete Loge da?«

»Ja«, sage ich.

»Nun, die Hausmeisterin, die in der Loge wohnt, ist die Witwe eines Polizeibeamten von der Motorradstreife, der dem Kommissariat des XIVe Arrondissements zugeteilt war und bei einem Verkehrsunfall getötet wurde. Ich habe ihn oberflächlich gekannt.«

»Na und?«

»Le Têtard hat ihn ebenfalls gekannt, und ich glaub, er ist der Witwe von Zeit zu Zeit mit einem kleinen Trösterchen behilflich.«

»Oh, wär ja klasse, er wäre im Haus, wenn ich zum Treffen muss!«, sagt Isabelle.

»Doch … die Sache sieht gar nicht so schlecht aus, wie man befürchten konnte«, meint Mornios. »Wir schicken Le Têtard also her, damit er den Abend bei der Witwe verbringt, für den Notfall werden Sie ihn direkt unter sich haben. Außerdem habe ich den Eindruck, dass man in diesen alten Backsteinhäusern sowieso alles hört. Sie brauchen dann nur schreien, und schon ist er da.«

Wir haben vorne an der Ecke der Durchfahrt geparkt, wir umrunden einmal den Block, wo wir keinen anderen Ausgang entdecken. Mornios fährt den Boulevard Edgar-Quinet hoch und dann wieder zum Square herunter. Genau an der Ecke unmittelbar gegenüber dem Haus Nummer 32 steht eine Telefonzelle. Wir halten. Ich steige aus und betrete die Kabine. Von dort lässt sich der Eingang des Mietshauses bestens überblicken. Ich klettere wieder ins Auto. »Haben Sie auf der Wache nicht zufällig ein Fernglas?«, frage ich Mornios.

»Aber sicher! Wir haben sogar Infrarotgläser, mit denen man nachts genauso gut sehen kann wie bei Tag.«

»Ideal. Morgen Abend werden Sie mir diese Gläser rüberreichen. Das Straßenbauamt soll uns um sechs Uhr ein ›Außer-Betrieb‹-Schild an der Telefonzelle anbringen, um sie stillzulegen. Gegen neun postiere ich mich in der Kabine und beobachte das Kommen und Gehen im Haus. Ich werd also in der Kabine sein, Le Têtard im Erdgeschoss, Sie selbst können sich hier, an dieser Straßenecke, am Steuer Ihres Wagens bereithalten, ich glaub, dann sind wir gerüstet! Was meinen Sie, Isabelle?«

»Ja, so passt mir das alles sehr gut!«

»Mir fällt da gerade noch was ein«, wirft Mornios ein. »Wir haben vom technischen Dezernat unlängst einen Schrillalarm bekommen, der nicht größer als ein Metroticket ist und in die hohle Hand passt. Fahren wir doch noch schnell beim Revier vorbei, das Ding kann dem jungen Mädchen ja zusätzlich Schutz bieten.«

»Geritzt«, meint Isabelle. »Am Ende werd ich perfekt geschützt sein. Wenn ich bedenk, dass ich vielleicht auf einen niedlichen Alten treffe, der nichts anderes von mir will als eine kleine Streicheleinheit, so durch den Hosenschlitz, à la Clinton!«

»Lassen Sie Clinton bei seinen Pläsierchen, und denken Sie an Ihre Aufgaben«, grummelt Mornios.

»Sie sind schlecht drauf, könnte man meinen«, erwidert Isabelle.

»Ich bin mir nur der Gefahren bewusst, die Sie da eingehen, und das macht mich ziemlich fertig«, versetzt Mornios.

Isabelle begreift, dass er wirklich eine Stinkwut hat, und sagt nichts mehr. Wir fahren beim Revier vorbei. Mornios händigt ihr den Schriller aus, der tatsächlich so groß wie ein Metroticket ist und den man angeblich noch in zweihundert Meter Entfernung hören kann. Danach schließt er sich in seinem Büro ein. Ich begleite Isabelle noch zur Metro. Trotz des kleinen Zwischenfalls mit Mornios ist sie ruhig. Drücken wir die Daumen.

11

Der Tag X! Ich habe schlecht geschlafen. Um sechs Uhr früh bin ich auf den Beinen. Um halb sieben gehe ich zum Kiosk, der gerade aufgemacht hat, um meine Zeitungen zu kaufen, jogge dann zum *Raspail Vert,* wo die ersten Gäste bereits eingelaufen sind, sofern es sich da nicht um die letzten handelt. Ich trinke drei doppelte, besonders steife Espressos, bringe aber nur ein halbes Croissant herunter. Ich kehre nach Hause zurück, tigere unruhig herum. Um neun suche ich Mornios auf, der mir versichert, dass die ganze Planung am Abend stehen wird. Die Leute vom Straßenbauamt werden die Banderole »Außer Betrieb« Punkt sechs Uhr an der Zelle auf dem Square anbringen, und Le Têtard wird bis dahin bereits mit der Hausmeisterin von Nummer 32, der Witwe seines Kumpels, Kontakt aufgenommen haben, um den Abend in ihrer Loge zu verbringen. Er wird schon am späten Nachmittag dort aufkreuzen und, falls nötig, sogar auf einem Feldbett die Nacht verbringen.

Dieses Gespräch heitert mich ein bisschen auf, und gegen zehn bin ich wieder zu Hause. In der linken Schublade meines Schreibtischs habe ich einen Colt CZ, Kaliber 7.35, Kurzlauf, den ich am ersten Tag meines neuen Lebens als Privatdetektiv um des Prinzips willen in der Rue Franklin-Roosevelt, bei Gastine-Renette, dem Waffenhändler der Snobs, käuflich erwarb. Ich ziehe das Schubfach auf, hole die Kiste heraus, da ist es ja, das Schätzchen, und schlummert wie ein Kind am Busen seiner Mutter. Ganz sanft, ganz lieb. Ich wickle es aus seinen Windeln, klappe die Trommel auf, öffne die kleine Pappschachtel, in der die sechs Patronen ebenfalls ganz brav der Dinge harren, ich wische sie sorgfältig ab und stecke diese sechs Patronen eine nach der anderen in die Trommel, so wie man sechs Zäpfchen in den Hintern eines Balgs schieben würde, das das gar nicht mag und sicher gleich zu brüllen anfängt, aber der Revolver tut keinen Mucks.

Dann stecke ich das Schießeisen in den Gürtel und übe schon mal, schnell danach zu greifen. Ohne Witz, sollte heute Abend irgendjemand versuchen, Isabelle auch nur ein Haar zu krümmen, dann jage ich ihm sechs Kugeln in die Schwarte. Das Telefon klingelt. *Die Stimme?* … Ich hätte fast Lust auf sie, so aufgeputscht, wie ich mich jetzt fühle! Aber nein, es ist bloß eine Stimme, die ihr aufs Erstaunlichste ähnelt. Isabelle!

»Hallo?«

»Hallo?«

»Sind Sie es, Follope? Wie gehts?«

»Das sollte man eher Sie fragen!«

»Mir gehts sehr gut. Ich fühl mich in Hochform. Der Typ hat die Sache heute Abend gerade bestätigt. Das wollt ich Ihnen unbedingt sagen. Ich bin mir ganz sicher, dass ich irgendetwas entdecken werd!«

»Wie auch immer, passen Sie auf sich auf! Auch wenn diese ehrenwerte Person mit unserer Geschichte überhaupt nichts zu tun haben sollte, so hoff ich doch sehr, dass er nichts allzu … Spezielles von Ihnen verlangt.«

»Wird er nicht. Ich hab es vorgezogen, ihn lieber rundheraus danach zu fragen.«

»Was hat er geantwortet?«

»Er möchte einfach nur ein Gespräch mit mir, wie er es gewöhnlich am Telefon führt … nur … dass er mich dabei ansehen will … und er will nichts anderes von mir verlangen, als dass ich meinen Rock hochziehe, damit er, wenn er mit mir spricht, meine Beine sehen kann … und …«

»Und?«

»Ich muss schwarze Strümpfe und schwarze Strapse tragen. Das ist das einzige … ein wenig Außergewöhnliche, das er von mir fordert … und am Klang seiner Stimme hab ich erkannt, dass er es ehrlich meint.«

»Sie fühlen sich imstande, sich einer solchen Situation zu stellen?«

»Ich denk schon. Ich sag mir, dass ich Ermittlungen über den grausamen Mord an einer jungen Frau anstelle und das alles nur deshalb tue, um Anhaltspunkte zu sammeln.«

»So müssen Sies auch sehen. Ich will Ihnen offen gestehen, dass ich vor Ihrer Courage den Hut ziehe. Und Sie können sich uneingeschränkt auf uns verlassen. Ich werd nur zwanzig Meter entfernt in der Telefonzelle sein, Mornios direkt daneben in seinem Wagen und Le Têtard genau unter Ihnen, bei der Concierge. Wir werden uns so lange nicht rühren, bis wir Sie wieder herauskommen sehen … oder bis Sie uns rufen. Vergessen Sie Ihren Schriller nicht!«

»Keine Angst, ich werd nichts vergessen!«

Eine kurze Stille tritt ein, blitzschnell stelle ich mir diesen Typen vor, über den ich nichts weiß – wahrscheinlich so ein alter Kerl von meiner Sorte, wie er irgendwelchen Schweinkram mit dieser jungen Frau anstellt, die vor ihm in einem Sessel sitzt und ihren Rock bis zu den Hüften hat hochziehen müssen … Isabelles Lachen holt mich schlagartig wieder in die Wirklichkeit zurück … Ein sexy Lachen, doch gleichzeitig auch zart … Ich vermute, sie hat meine Verwirrung wahrgenommen und lacht nun, um die Atmosphäre zu entspannen.

»Ich hab den Schriller hier, neben meiner Handtasche …«, fügt sie an. »Und wie die meisten Mädchen hab ich auch schwarze Strümpfe … Nur eins hab ich nicht, nämlich Strapse! Ich muss Ihnen gestehen, dass ich in meinem ganzen Leben noch keine angezogen hab!«

»Werden Sie … sich welche kaufen müssen?«, frage ich dämlich.

Sie lacht abermals. »Aber nein, lieber Follope! Aber nein! Ich werd mir für dieses eine Mal keinen Strumpfhalter kaufen! Sie wären doch glatt imstande, von mir zu verlangen, dass ich den anziehe, um Sie zum Ball der Privatdetektive und ehemaligen Buchhändler zu begleiten! Nein, ich hab das Ganze meiner Freundin beim *Téléphone rose* erzählt ... Sie hat einen, und sogar mehrere ... Ich geh nach der Arbeit bei ihr vorbei. Sie wohnt um die Ecke, in der Nähe des Place Denfert-Rochereau ... Ich werde mir den ausleihen, der mir am besten steht, und gehe dann direkt von ihr zu meiner Verabredung.«

»Und ich, ich bin bei Einbruch der Dunkelheit auf meinem Posten in der Telefonzelle. Seien Sie vorsichtig, und gehen Sie keine unnötigen Risiken ein! Bis heute Abend.«

»Bis heut Abend!«

Der Tag schleppt sich dahin. Zum ersten Mal seit langem trauere ich der Zeit nach, als ich noch Buchhändler war. Ich säße jetzt sorglos inmitten meiner Bücher. Die Bücher sind zwar voller Blut und Mord, stimmt schon, doch dieses Blut ist ja nur Druckerschwärze, und die Morde sind bloß schlichte Bilder, die sich im Kopf abspielen. Alles scheint real, und doch ist alles nur erlogen. Selbst die Rätsel sind nur Spielerei ... Apropos Rätsel, ich mache mich daran, mir sämtliche Vorkommnisse von Beginn an wieder ins Gedächtnis zurückzurufen. Und während ich gewissenhaft und ohne jede Voreingenommenheit erwäge, was ich von den wenigen Personen weiß, die in der Geschichte eine Rolle gespielt haben, gibt eins das andere, und ich komme allmählich dazu, Mornios höchstpersönlich zu verdächtigen. Primo: Er hat was gegen mich. Zweito: Er arbeitet nur zwei Schritt von hier. Dritto: Er hat wie zufällig eine junge Frau aufgespürt, deren Organ fast wie eine Kopie jener *Stimme* klingt, die mich angerufen hat und mit mir am Telefon Liebe machen wollte. Und diese Isabelle lässt sich nun, obwohl sie Polizistin ist, genau auf so was ein … Wirklich Grund genug, sich ein paar Fragen zu stellen, zumal zu einer Zeit, in der jedes Kind weiß, dass unsere verrottete und korrupte Polizei kaum weniger schwarze Schafe zählt als eine Herde Albinoschafe, die in einen Pool voller Wagenschmiere gefallen ist.

Ich wälze diese Hypothese so gründlich im Kopf hin und her, dass ich schließlich das Mittagessen versäume.

Um vier Uhr taucht Mornios bei mir auf. Mit einem Aktenkoffer in der Hand. Er legt ihn auf einen Stuhl und fragt mich, wie ich mich fühle.

»Schlecht. Ich zermartere mir pausenlos das Hirn über diese Sache. Ich hab übrigens just an Sie gedacht.«

»An mich?«

»Doch. Ich bin nämlich zu dem Schluss gelangt, dass Sie das vielleicht waren, der das Ganze organisiert hat!«

»Witzig.«

»Sehr witzig.«

»Und warum sollte ich das Ganze organisiert haben?«

»Ist doch klar! Sie sind ein Monster. Ein Monster, getarnt in der lächerlichen Gestalt eines braven Flics. Dem Anschein nach beschützen Sie die Witwen und Waisen. Aber in Wahrheit sammeln Sie Frauenkörper.«

»Zu welchem Zweck?«

»Um Ihre nekrophilen Gelüste zu befriedigen. Lebende Frauen schrecken Sie, weil die Sie für einen Bauerndepp halten, und infolgedessen wollen Sie die Frauen nur tot. Und Sie wollen sie ohne Kopf, weil Sie fürchten, dass die Sie sogar tot noch verspotten könnten!«

»Scharf beobachtet.«

»Noch mehr Details?«

»Bitte, nur zu.«

»Isabelle ist Ihre Nichte. Und auch Ihre Komplizin. Sie selbst ist nämlich *Die Stimme.* Es ist unmöglich, dass sich zwei Stimmen dermaßen gleichen, und ich habe sie sofort erkannt, als Sie sie mir vorgestellt haben. Sie ködert die Mädchen, an denen Sie sich dann vergnügen, nachdem Le Têtard die armen Dinger für Sie enthauptet hat. Der ist nämlich Ihr Komplize Nummer zwei. Sie arbeiten nach der Methode von Kommandoeinheiten, die Sie bei der Armee ja gelernt haben, und das Ganze spielt sich in einem Umkreis von drei- bis vierhundert Metern um Ihr Polizeirevier ab. Sie haben mich aus reinem Sadismus in die Sache hineingezogen, nur weil ich Ihr Nachbar bin und weil Sie, die echten Flics, sich ja so gern über Privatschnüffler lustig machen ... vor allem, wenn diese Buchhändler waren!«

»Fein beobachtet!«

»Doch jetzt habe ich Sie entlarvt! Sie beide, Mornios und Le Têtard, Sie sind der Don Quijote und der Sancho Pansa des Verbrechens, aber nun sind Sie an eine Windmühle geraten, die Sie in kleine Stücke zerhacken wird!«

Ich öffne den Wandschrank, hole den Colt heraus und richte ihn auf Mornios' Wanst.

»Ich krepier vor Angst«, sagt Mornios und schiebt mit einer Hand die Kanone weg. »Woher stammt das Schießeisen?«

»Das gehört mir.«

»Sie müssten eigentlich wissen, dass Privatschnüffler nicht bewaffnet sein dürfen.«

»Ich hab das Ding gekauft, als ich noch Buchhändler war.«

»Schon möglich, nur sind Sie jetzt Privatdetektiv.«

»Sicher. Aber ich bin und bleib trotz allem ein ehemaliger Buchhändler.«

»Haben Sie einen Waffenschein?«

»Ja.«

»Packen Sie das weg, Sie könnten sich verletzen.«

Ich gehe wieder zum Schrank, lege den Colt zurück, baue mich erneut vor Mornios auf.

»Sie haben mich gefragt, in welcher Geistesverfassung ich bin«, sage ich, »nun, da sehen Sies!«

»Das ist normal, mein lieber Follope. Total normal. Die manisch-depressive Phase macht der Ermittler bei jedem schwierigen Fall durch. Das Problem scheint unlösbar, er hält sich für befugt, wen auch immer zu verdächtigen. Schauen Sie sich die Dutroux-Affäre in Belgien an. Manche haben behauptet, der König sei in den Fall verwickelt. Oder der Fall des Pastors Doucet hier bei uns. Da haben gewisse Leute gemeint, dass der Staatschef schuldig wär. Der wollte den Premierminister schützen, der wiederum einen Minister schützen wollte, welcher nämlich schwul war, genau wie Doucet, und von Doucet regelmäßig mit kleinen Arschlöchern garantiert frei von Hämorrhoiden versorgt wurde. Fazit: Die Polizei legt Doucet um, im Namen des Staates, weil es bei der Wahl zwischen einem sauberen Staat und einem schmutzigen Pastor keinen Spielraum gibt. Ja, mein lieber Follope, alles scheint möglich in dieser Welt des Hasses, in der wir leben müssen, ohne je darum gebeten zu haben! Um aber auf das Verbrechen zurückzukommen, das uns beschäftigt, muss ich Ihnen gestehen, dass ich erst letzte Nacht, als ich mir die ganze Geschichte noch mal durch den Kopf gehen ließ, mir beinahe eingeredet hab, dieser schändliche Mörder wären Sie. Ich hatte das ja schon am Tag des Mordes gedacht, falls Sie sich erinnern ... Ich hab Sie verdächtigt, in irgendeiner Weise die Finger drin zu haben. Aber fangen wir wieder von vorne an. Haben Sie Neuigkeiten von Isabelle?«

»Sie hat mich heute Morgen angerufen.« Ich erzähle ihm, was sie mir am Telefon mitgeteilt hat.

Die Geschichte mit den schwarzen Strümpfen und Strapsen erregt ihn. »In meinem nächsten Leben würd ich gern eine Frau sein!«, sagt er zu mir. »Da wär ich dann Tänzerin in einer Peepshow. Würden Sie mich anglotzen kommen?«

»Versprochen.« Es ist schon zehn nach fünf. Wir beschließen, in weiser Voraussicht, da die Nacht lang zu werden droht, noch schnell im *Raspail Vert* einen kleinen Happen zu nehmen.

»Kommt Le Têtard mit?«, frage ich.

»Machen Sie Witze? Der hat sich schon bei seiner Witwe breit gemacht. Und die bereitet ihm sicher sein heiß geliebtes *Raclette Savoyarde* zu.«

»Ein Kratzerchen, ein Dinerchen, ein Wichserchen. Das steht schon im *Casanova.*«

»Sie lesen zu viel.« Er öffnet seinen Aktenkoffer, holt das Infrarotfernglas sowie eine kleine Stablampe heraus und reicht mir beides.

Anschließend essen wir im *Raspail Vert* zu Abend. Eigentlich dachte ich, nichts essen zu können, habe aber Kohldampf. Wir schlagen uns gemütlich den Wanst voll. Die Nerven, wahrscheinlich. Nur nicht hetzen. Völlig unnötig, zu früh aufzukreuzen und Gefahr zu laufen, von dem Mann, der Isabelle bestellt hat, entdeckt zu werden, sollte ihn das Verlangen packen, noch einen letzten Erkundungsgang zu machen, bevor er zur Tat schreitet. Während wir tüchtig futtern und trinken, quatschen wir miteinander. Mornios erzählt Nuttengeschichten. Er beklagt die gute alte, nicht allzu ferne Zeit, in der die Nutte, durch den Zwang der Verhältnisse, noch eine reale Frau war, die tatsächlich ihre Reize angeboten habe, für Kohle. Man kannte jede einzelne. Manche fungierten diskret als Spitzel. Man wusste sogar (wer soll das glauben!) von ein paar Häuptlingen der Polizeipräfektur, die sich so nach und nach, aus reiner und treuer Vorliebe für Bordsteinschwalben und Autobienen, beim Einholen kleiner Informationen ein flächendeckendes Netz von Strichmädchen über die heißesten Pariser Arrondissements aufgebaut hätten, sodass sie schließlich selbst Zuhälter geworden seien. So sei die gute alte Zeit gewesen! Heutzutage jedoch sei die Szene überschwemmt von diesen Unmengen an Callgirls, Models, Masseusen, Bodybuilderinnen, Sexologinnen, Chiroschwanzistinnen, Escortdamen, Peepgirls und neuerdings an Telephono-Internetistinnen, die über die Stadt der Lichter hergefallen seien wie ein riesiger Schwarm Fliegen über einen Hundehaufen. Und die Polizei habe überall das Nachsehen. Ja, ja, die schönen Tage sind dahin!

Um acht Uhr ist es dunkel. Wir machen uns in Mornios' Wagen auf den Weg. Er sitzt am Steuer. Ich neben ihm. Wir fahren den Boulevard Edgar-Quinet hinunter und kommen an dem Haus vorbei, in dem Isabelle verabredet ist. Im Erdgeschoss brennt Licht – Le Têtard ist auf dem Posten … Aber im ersten Stock ist noch immer alles stockdunkel. Isabelle und ihr Kunde sind also noch nicht eingetroffen.

Ich spüre, wie sich meine Kehle zuschnürt. »Ich kann es kaum erwarten, dass sie endlich kommt«, sage ich zu Mornios.

»Klar. Los jetzt, Sie müssen den Eingang mit dem Fernglas überwachen.«

Er fährt um den kleinen Square und hält haarscharf an der Kabine. Ich steige aus. Er selbst fährt fünf Meter weiter und stoppt nochmals, wobei die Reifen am Trottoir schrappen. Mit der Taschenlampe in der Hand betrete ich die Telefonzelle, an der das Straßenbauamt tatsächlich die Banderole »Außer Betrieb« angebracht hat. Mein Fuß stößt dabei gegen einen metallenen Gegenstand am Boden. Ich beuge mich vor. Da steht einer dieser mit einem Henkel ausgestatteten Eimer, in denen in Supermärkten Waschpulver zu fünf Kilo verkauft wird. Die Ränder des Deckels sind mit Klebstreifen verschlossen, und obendrauf hat jemand mit einem schwarzen Marker irgendetwas Unleserliches gekritzelt. Ich hebe den Eimer am Henkel an, hoffe für den

Bruchteil einer Sekunde und mit der ganzen Kraft meines Seins, dass er leer sein könnte, aber nein, er ist nicht leer. Er wiegt was. Er wiegt schwer! Ich stelle ihn wieder auf den Boden, trete aus der Kabine, gehe in die Hocke, erbreche mich.

12

Inzwischen sind wir wieder in Mornios' Büro zurückgekehrt. Mornios ist da, ich bin da, und da ist auch noch ein untersetzter Mann um die fünfzig mit rasiertem Schädel – der Gerichtsmediziner. Auf dem Tisch stehen zwei Eimer: der Waschmitteleimer, den ich in der Telefonzelle gefunden habe und den wir vom Klebstreifen befreit und geöffnet haben; und ein durchsichtiger Plastikeimer, gefüllt mit Eiswürfeln, in dem der Mediziner – schön gerade, ganz weiß und mit weit geöffneten Augen – den Kopf unserer Assistentin deponiert hat.

Mornios lässt eine Flasche Whisky herumgehen. Ich habe schon zwei große Gläser davon getrunken und trotzdem noch immer das Gefühl, dass mir kalt ist.

»Wie hieß sie?«, fragt der Quacksalber.

»Sie verfügte über echte-falsche Papiere auf den Namen Isabelle Berliet«, antwortet Mornios, »aber ihr richtiger Name ist Irène Beaumont.«

»Na was denn nun!«, erwidert der Quacksalber ungeduldig.

»Isabelle Berliet, das war bloß ein ›nom de guerre‹«, sagt Mornios. »Ihr richtiger Name war und bleibt Irène Beaumont.«

»Irène Beaumont!«, meint der Quacksalber. »Der Name ist auch nicht schlimmer als andere! Passt gar nicht schlecht zu ihr. Irène Beaumont!« Er zieht einen Aufkleber aus der Tasche, löst ihn von seiner Schutzfolie, klebt ihn an den Plastikeimer und schreibt dann, mit einem blauen Bic, in Großbuchstaben darauf:

IRÈNE BEAUMONT

»Wie alt war sie?«, fährt er fort.

»Dreißig«, antwortet Mornios.

Der Quacksalber beugt sich wieder über den Eimer und

schreibt nun, in kleiner Schrift, in die rechte Ecke des Aufklebers: »Dreißig Jahre«.

»Also wirklich, Doktor Zuruck, Sie hätten ihr doch wenigstens die Augen schließen können!«, ruft Mornios plötzlich aus.

»Sie maßen sich doch nicht etwa an, mir meine Arbeit beibringen zu wollen?«, erwidert der Medikus heftig. »Das Abc der Gerichtsmedizin besteht darin, die Dinge so zu sehen, wie sie sich darstellen, bevor man ihnen weiter auf den Grund geht. Ich verspreche Ihnen, dass ich diese schöne junge Dame ganz sicher dazu bringen werde, mir alles zu sagen, was sie mir wird erzählen wollen.«

»Und wann erfahren wir es?«, fragt Mornios.

»Kommen Sie in einer Stunde vorbei, dann wird sie zu reden begonnen haben!« Er grüßt uns, nimmt den Eimer beim Henkel und geht davon.

»Der wirkt wirklich ein bisschen bescheuert, oder?«, sage ich zu Mornios.

»Der wirkt nicht bescheuert … der *ist* bescheuert … Allerdings ist er mit Sicherheit der beste Gerichtsmediziner von Paris, wobei es von denen im Übrigen nur vier oder fünf gibt! Ein Glück, dass er da war, als ich bei ihm angerufen habe! Wenn irgendjemand imstande ist, eine Leiche oder ein Leichenteil zum Reden zu bringen, dann er!«

»Wo ist seine Wirkstätte?«

»In der Morgue, da hat er sich ein kleines Labor einrichten lassen. Entschuldigen Sie mich bitte, ich muss noch mal kotzen gehen, ich hoffe, das ist jetzt das letzte Mal, es hat mir wirklich den Magen umgedreht, das arme Mädchen so vorzufinden. Ich frage mich, wie Sie das eben geschafft haben, alles in einem Schwung von sich zu geben.«

»Die Aufregung.«

»Zwei Minütchen!«

»Aber ich bitte Sie.«

Er saust zur Toilette. Ich gehe im Raum auf und ab. Unser ganzes schönes Konzept ist weggebrochen. Wenn ich den Tatsachen ins Gesicht sehe, bin ich jetzt keinen Schritt weiter als am ersten Tag. Doch in der Zwischenzeit wurden diese beiden Mädchen enthauptet. Bin ich dafür verantwortlich? Daran schuld? Verantwortlich-schuldig? Verantwortlich, doch nicht schuldig? Schuldig, doch nicht verantwortlich? Weder noch? Da habe ich für ein paar Tage genügend Stoff zum Nachdenken.

Mornios kommt zurück. Er setzt sich mit finsterer Miene an eine alte Schreibmaschine und beginnt mit beiden Zeigefingern drauflosztutippen, ziemlich schnell übrigens.

»Was tippen Sie da?«

»Ich fang meinen Bericht an.«

»Eilt der?«

»So lala.«

»Warum tippen Sie ihn dann?«

»Um irgendwas zu tun, bis es Zeit ist, zum Gerichtsmediziner zu gehen.«

»Kriegen Sie Ärger mit Ihren Vorgesetzten, wenn die erfahren, dass diese Polizeiassistentin unter Ihrem Befehl gestorben ist?«

»Vorläufig nicht. Unsere Führung wertet einen solchen Zwischenfall nicht als persönliche Tragödie, sondern als Vorkommnis im Rahmen der Statistik. Die Verwaltung weiß genau, dass im Jahresschnitt ein gewisser Prozentsatz an Beamten im Dienst abgeknallt wird, und solange die Zahlen innerhalb dieses Prozentsatzes bleiben oder ihn kaum übersteigen, passiert gar nichts. Alles in bester Ordnung, nur ja keine schlafenden Hunde wecken. Sollte dieser übliche Prozentsatz am Ende des Jahres hingegen deutlich überschritten sein, dann kann das ordentlich Krach geben.«

»Was sich dann wie äußert?«

»Zusätzliche Berichte.«

»Das ist ja schlimm!«

»Katastrophal ... Zumal sich die neuen Berichte auf denjenigen stapeln werden, die sich schon auf den Berichten stapeln, die sich wiederum auf den Berichten stapeln, die sich auf denen stapeln, die all die ernsten Missstände beanstanden! Dieses himalajamäßige Stapeln anprangernder Berichte – zum größten Leidwesen der verantwortlichen Beamten – ist übrigens kein Sonderproblem der Polizei. Man kann es auch beobachten in Sachen Steuerhinterziehung, urbane Gewalt, alltäglicher Rassismus, Verkehrsunfälle, Wahlmauscheleien, Aussetzen von Pudeln, Alkoholismus bei Frauen, Selbstmord von Jugendlichen und bei diversen anderen Übeln, die die französische Gesellschaft zerfressen. Und dennoch darf man den Mut nicht sinken lassen!«

Ich schaue auf meine Armbanduhr. »Gehen wir.«

Mornios lässt seinen Bericht Bericht sein und folgt mir hinaus. Wir springen in Mornios' Wagen und rasen mit mächtigem Sirenengeheul zum Gerichtsmedizinischen Institut. Kaum zwanzig Minuten später sind wir da. Zwischen Seine und Schnellstraße gelegen, wirkt die Morgue, mittlerweile unter den Zubringer gekeilt, der ostwärts zur *Autoroute de l'Est* führt, wirklich so schaurig, wie es sich gehört. Mornios parkt einfach irgendwo auf dem Gelände, wir steigen eine mehrstufige Freitreppe hoch, und dann klingelt er an der alten, überall abblätternden Eisentür.

Die Tür klickt und öffnet sich. Wir stehen mit einem Mal in so etwas wie einer kleinen Halle. Es stinkt nach Phenol, Formol, Chresol, Chlor, Allesreiniger, Meister Proper und anderen hyperallergenen Desinfektionsmitteln, und dennoch wabert in diesem Meer unzähliger, mit Eau de Javel versetzter Düfte der kalte, hartnäckige, süßliche und tödliche Geruch des Kadavers. Zwei Typen in weißen Kitteln sitzen sich an einem kleinen Tisch gegenüber und kloppen Karten. Der eine ist kahl wie ein Ei, der andere buschig ausgestattet wie des seligen Breschnews Augenbrauen.

»Wer hat Ihnen erlaubt …«, hebt der Buschige an.

»Polizei!«, brüllt Mornios. »Wo ist der Gerichtsschnippler?«

»Na wo soll er denn schon sein? … Im Sektionssaal. Erster Gang rechts, Tür A.«

Wir betreten den rechten Gang, der in zwei Farbtönen bepinselt ist, nämlich in den bevorzugten Farben der Stadt Paris bei allem, was irgendwie mit dem öffentlichen Gesundheitswesen zusammenhängt: Gänsekackegrün (für unten) und Harngelb (für darüber). Die Tür A ist die erste! Mornios macht sich nicht mal mehr die Mühe zu klingeln. Er reißt sie heftig auf, und wir gehen hinein.

Ein Sektionssaal … Dies ist das erste Mal, dass ich einen sehe. In Zeitungen ist häufig von Autopsien die Rede, aber es wird nie beschrieben, wie die Sache abläuft, noch wo sie abläuft, und es ist wirklich schade, dass der gemeine Bürger zwar weiß, dass ein geliebter Mensch obduziert wird, aber nicht wo und wie!

Der Saal ist ein weiter, quadratischer Raum, weiß gekachelt und gleißend hell erleuchtet durch an der Decke befestigte Leuchtstoffröhren. Der Boden ist ebenfalls gefliest, und als Erstes wundert einen der Umstand, dass er leicht abschüssig ist.

In der Mitte des Raums steht auch das Hauptmöbelstück, eine Art Tisch aus gräulichem Beton, so lang wie ein Bett, doch schmaler und ebenfalls leicht nach vorne geneigt, mit einer durchlaufenden Rinne in der Mitte: Man braucht zwei Sekunden, bis man kapiert, dass das Blut der obduzierten Person von selbst durch diese Rinne abläuft, ohne dass man ihm zu sagen braucht: »Da gehts lang.« Besagte Rinne ist an ihrem Ende mit einer Tülle aus Blech ausgestattet, unter der man, genau im Lot, zwei oder drei ähnliche Rinnen in den Kachelboden eingelassen hat.

Letztere führen zu einem Loch in der rechten Ecke des Raums, aus dem ein guter, kräftiger Geruch von getrocknetem Blut aufsteigt.

Neben dem Loch steht ein Weißblecheimer, über dessen Rand liegt ein tropfender Putzlappen, und neben dem Eimer lehnt ein durch langen Gebrauch braun gewordener Rosshaarbesen.

Auf halbem Weg zwischen dem Sektionstisch und der linken Wand ruht, auf Tischböcken aus hellem Holz befestigt, eine längliche Platte aus Resopal, Typus Auslage wie bei *Cartier*, die selbstverständlich als Ablage für die Organe und Eingeweide dient, so wie sie dem obduzierten Kunden eben nach und nach entnommen werden. Unter dieser Platte sind jede Menge Schalen, hohe Behälter und diverse andere Gefäße auf dem Boden aufgereiht, manche aus Glas, andere aus emailliertem Blech.

Als wir eintreten, bemerke ich sofort ein absonderliches Gebilde auf genannter Platte. Was kann das denn nur sein? Wir gehen näher heran, und schließlich erkenne ich Irènes Kopf, den ich wahrlich nur mit großer Mühe auf den ersten Blick hätte identifizieren können: Denn man hat ihm die Gesichtshaut zunächst vom Nacken über das gesamte Schädeldach bis hin zum Kinn mit einem kräftigen Schnitt zerteilt und dann rechts und links abgelöst, sodass selbige Haut nun, lediglich in Höhe der Kieferknochen noch mit dem Kopf verbunden und mehr oder minder in Falten gelegt, zu beiden Seiten des Hauptes ruht.

Was die Schädeldecke selbst angeht, so wurde sie, genau wie man einem gekochten Ei mit einem kleinen Messer den Kopf abschlägt, mittels chirurgischer Säge akkurat aufgetrennt. Die knöcherne Kalotte liegt nunmehr zur Linken des Kopfes. Da der Schädel somit geöffnet ist, sieht man das Gehirn, das von meinem Standpunkt aus irgendeinem Schaum von rosa schimmerndem Weiß gleicht. Ein wahrlich reizender Anblick! Wenn ich mal groß bin, will ich auch obduziert werden!

Vor der Platte aufgepflanzt, hat sich Doktor Zuruck über den dekalottierten Schädel gebeugt. Über seinem Straßenanzug hat er eine große Schürze angelegt – ursprünglich weiß, mittlerweile jedoch befleckt mit Blut, Urin, Schleim, Lymphe, Scheiße und anderen undefinierbaren Auswürfen. Die Schürze, Modell Gärtner, ist mit einer Bauchtasche versehen, in der jede Menge Scheren, Messer, Kneife, Operationsmesser, Zangen und diverse andere Werkzeuge stecken.

Als wir näher treten, fährt er plötzlich in seiner ganzen kurzen Länge hoch und sagt mit verärgerter Miene zu Mornios: »Also wirklich, Sie könnten wenigstens anklopfen, bevor Sie reinplatzen!«

»Wenn man ganz unten im Loch steckt, hat man keine Zeit für Höflichkeiten!«, ruft Mornios aus.

»Na sagen Sie mal, Mädel«, entgegnet der Gerichtsschnippler, der nicht so aussieht, als würde er sich was vormachen lassen. »Ich hab das Gefühl, die Polizei hat ihre Wallungen!«

»Jetzt hören Sie mir mal zu, Quacksalber«, meint Mornios. »Auf die Polizei wird vom 1. Januar bis zum 31. Dezember ununterbrochen gespuckt, wenn aber eine Frau enthauptet wird, dann muss sie nun mal ihre Arbeit machen. Es ist also verständlich, dass sie bisweilen etwas nervös wird.«

»Auch ich wirke an dieser Arbeit mit, und trotzdem bleib ich ruhig«, erwidert der Arzt.

»Aber ich bin doch ruhig! ... Ich bin die Ruhe selbst!«, schreit Mornios, während er sich mit solcher Kraft zu beherrschen versucht, dass ich beobachten kann, wie seine Schultern beben.

»Wer ist der Greis da?«, fragt der Gerichtsmediziner, wobei er mit einem Ruck des Kinns auf mich zeigt.

»Mein neuer Assistent, ein Privatdetektiv, Monsieur Follope. Sie sind ihm vor nicht mal zwei Stunden in meinem Büro begegnet.«

»Er sieht nicht sonderlich schlau aus«, sagt der Schnippler.

»Er ist es auch nicht, darum sieht mans ihm ja an, dass ers nicht ist«, erwidert Mornios.

»Was wollen Sie wissen?«, fragt der Arzt.

»Na alles!«, versetzt Mornios. »Alles, was Sie diesem Kopf entlocken konnten!«

»Nun ja, werter Freund, das wäre eine ganze Menge!«, antwortet der Gerichtsschnippler mit zufriedener Miene. »Ich werde also damit beginnen, Ihnen zunächst und fürs Erste zu verraten, dass der hier vorliegende Kopf der einer jungen Frau weiblichen Geschlechts ist … einer jungen Frau im Alter von circa dreißig Jahren … die sich überdies bester Gesundheit erfreut!«

»Die sich bester Gesundheit *erfreute*«, berichtigt Mornios.

»Die sich bester Gesundheit bis zu dem Augenblick erfreute, als ihr Leben jäh endete, wenn Sie darauf Wert legen«, räumt der Mediziner ein. »Diese Person hat beispielsweise nicht ein einziges Mal den Fuß über die Schwelle eines Zahnarztes gesetzt und wird auch niemals einen brauchen, falls sie weiterhin auf ihre Ernährung Acht gibt. Sie wissen, dass durch den Teil des Halses, den wir hier sehen«, fährt er fort, indem er seinen wurstigen Zeigefinger auf das richtet, was von Irènes Hals übrig ist, »sämtliche lebenserhaltenden Systeme des menschlichen Körpers laufen oder zumindest annähernd alle, was uns im vorliegenden Fall ohne Zögern zu versichern erlaubt, dass die Frau über ein Kreislauf-, ein Muskel- und ein Nervensystem in einwandfreiem Zustand verfügt … oder verfügte … wenn Sie darauf Wert legen. Was das Gehirn anbelangt, ist es genauso frisch wie das eines Kindes, das gerade zur Welt kommt! Das ist kein Gehirn, das ist ein Danone mit Erdbeere! … Man möchte beinahe davon kosten.«

Behutsam steckt er die Spitze seines Zeigefingers in das Gehirn, genau an der Stelle, wo es ganz rosa ist, dann führt er ihn an die Lippe, streckt die Zunge ein wenig heraus und leckt den Finger mit Genießermiene ab.

»Und sonst, Herrgott im Himmel!«, röhrt Mornios.

Der Gerichtsmediziner blickt ihn unwirsch an.

»Und sonst?«, fragt Mornios ganz sachte nach, so in etwa mit der Stimme einer Marlene Dietrich, würde sie eine Kanalratte zwischen den Zähnen zermalmen.

»Und sonst«, fährt der Gerichtsschnippler selbstzufrieden fort, »bin ich in der Lage zu behaupten – was Ihnen sicher Freude bereiten wird, in Anbetracht des Interesses, das Sie für diese hübsche Person zu hegen scheinen –, dass sie vor ihrem Tod auf keinen Fall gelitten hat!«

»Im Ernst?«

»Tja, so ist das. Diese junge Frau ist nicht dadurch gestorben, dass man sie bei lebendigem Leibe, etwa mit einem Küchenmesser, geköpft hätte, was schmerzhaft hätte sein können, sie ist am Stich eines Pfriems ins Kleinhirn gestorben. Und aus der Tatsache, dass ihre Halsmuskeln zum Zeitpunkt meiner Untersuchung noch völlig elastisch und entspannt waren, was nicht der Fall gewesen wäre, wenn man sie gequält hätte, schließe ich, dass sie meuchlings getötet wurde. Meiner Meinung nach …«

»Ihrer Meinung nach?«

»Meiner Meinung nach könnte sie beispielsweise an einem Tisch gesessen und sich seelenruhig mit jemandem unterhalten haben … bis sich ihr eine weitere Person von hinten genähert und zugestoßen hat. Doch da verlasse ich jetzt den sicheren Boden der Gerichtsmedizin und wage mich auf den des Kriminalromans vor. Das war bloß so ein Eindruck von mir, dennoch lege ich Wert darauf, Ihnen dies mitzuteilen.«

»Danke«, sagt Mornios.

»Tapfere kleine Irène …«, sagt der Quacksalber und tätschelt mit jovialer Miene die Schädeldecke. »So still, und doch hatte sie uns noch so viel zu sagen! … Und obendrein so hübsch, was ja nie von Nachteil ist! Sind Sie nicht auch meiner Meinung, Inspektor Mornios?«

»Doch«, erwidert Mornios, »nur wär sie für meinen Geschmack noch hübscher, wenn Sie ihr die Gesichtshaut wieder ein bisschen an den Schädel pappen würden. Ich mag Frauen sehr, wer immer sie auch sein mögen, aber ich mag sie noch mehr, wenn ihre Backen nicht auf dem Tisch rumliegen und sie ihre Augen dafür noch im Kopf haben.«

»Da erkennt man wieder mal den Ästheten!«, bemerkt der Mediziner.

»Ich bin diesbezüglich ein wenig altmodisch, ich gebs ja zu …«, erwidert Mornios.

»Bitte keine Tränen, Papa«, sagt der Schnippler. »Außerdem bin ich sowieso fertig. Ich werd Ihnen Ihr Pin-up-Girl schon wieder zusammenflicken!«

»Das wär auch besser, weil man so, wie sie jetzt ist, meinen könnte, sie wollte unbedingt bei der Wahl zur Miss Schlachthof antreten«, entgegnet Mornios.

»Mann, Sie sind depressiv, würd ich sagen! Warten Sie zwei Minütchen, und ich werde Ihnen aus der wieder eine Barbie-Puppe machen!«

Der Gerichtsschnippler zieht eine Rolle Klebstreifen aus der Tasche und klebt die Kalotte, die er abgesägt hatte, wieder auf den Schädel. Dann klappt er die zwei Hautlappen des Gesichts, das er zerteilt hatte, mit beiden Händen schwungvoll wieder über den Knochen, hantiert so lange herum, bis er sie nur mit der linken Hand festzuhalten vermag, steckt die rechte erneut in seine Bauchtasche, zaubert einen großen Bürohefter hervor und heftet dann, im Nacken beginnend und unterm Kinn endend, die beiden Hautlappen, einschließlich der Gesichtspartien, ganz vollendeter Virtuose, mit zwölf Täcksen wieder fest. Das Dumme ist nur, dass die Symmetrie, die bereits in lebenden Gesichtern nicht sonderlich gewahrt scheint, nach dieser Operation vollends dahin ist! Die eine Seite wurde mit doppelt so viel Haut bedacht wie die andere, die rechte Gesichtshälfte ist absolut schlaff, während die linke zum Platzen gespannt ist. Obendrein liegen die Augen nicht in ihren Höhlen. Das linke hat sich am Rand des Backenknochens verklemmt, wogegen das rechte Auge mitten auf der Wange herumwandert.

»Könnten Sie nicht versuchen, wenigstens die Augen wieder an ihren richtigen Platz zu schaffen?«, fragt Mornios.

»Sind sie doch … mehr oder weniger!«, antwortet der Gerichtsmediziner. »Ich lasse jetzt die Finger davon. In so einem Gesicht hat man ein diffiziles Zusammenspiel von Disproportionen zu wahren! Da wähnt man, ein Detail zu verbessern, und vermurkst das Ganze!«

Er weicht drei Schritt zurück und bewundert schweigend sein Meisterwerk. Man könnte meinen, da versenke sich Leonardo da Vinci nach dem allerletzten Pinselstrich in die Betrachtung seiner *Mona Lisa*.

»Meine Kinder, ich bin zufrieden mit mir!«, ruft er endlich aus. »Wer hat hier gewagt, von Miss Schlachthof zu sprechen? Ja sieht sie nicht eher aus wie Miss France in Person, nachdem sie gerade im Festsaal von Nancy über Miss Berry, Miss Franche-Comté und Miss Languedoc-Roussillon triumphiert hat? … Sie sieht sogar intelligenter aus … was ja kein Kunststück ist, ich gebe es zu … Wer ohne Wagnis siegt, triumphiert ohne Ehre! …«

Er scheint ziemlich in Fahrt, wahrscheinlich wird er gleich weiter abdrehen, wie es Quacksalbern häufig unterläuft, wenn die Ereignisse des Tages sie jählings an den Anatomieunterricht oder an die Nachtwachen von einst erinnern, an die gute alte Zeit eben, in der die *cand. med.* sich mit auf den Seziertischen herumliegenden Eiern, Titten, Herzen, Lebern, Milzen, Bauchspeicheldrüsen, Augen, Zungen, Hirnen und Ohren bewarfen ... Als schlagartig ein heftiges Grollen ertönt ... Das Gebäude beginnt bis in die Grundmauern zu beben, der Eimer wankt, der Besen fällt, der Schnippler legt hurtig die Hand auf Irènes Kopf, damit der nicht zu Boden kullert, ich höre den Lärm, den all die Leichen im gesamten Gebäude veranstalten, während sie gegen die Metallwände ihrer Schubfächer schlagen.

»Was ist hier los?«, fragt Mornios. Er starrt zu seinen Füßen hinunter, als fürchte er, der Boden könne sich unter ihm auftun.

»Das sind die Freitagabendbetonmischwagen!«, antwortet der Gerichtsmediziner. Mit der freien, nicht mit Irènes Kopf beschäftigten Hand zeigt er an die Decke, das Grollen ebbt langsam ab, und ich begreife, dass der Heidenlärm, der das Gebäude zum Beben brachte, von oben kam und nicht von unten.

»Welche Betonmischwagen?«, fragt Mornios nach, während die Stille zurückkehrt.

»Die Betonmischer vom Gare de Lyon«, erwidert der Arzt – er kann den Kopf nun wieder loslassen. »Ihnen wird doch wohl irgendwann mal aufgefallen sein, dass man ganz Paris seit ungefähr zehn Jahren mit aller Gewalt zubetoniert ... Und Sie dürften doch auch wissen, dass es in der gesamten Pariser Region noch nie genügend Unternehmen gegeben hat, die diesen ganzen Beton produzieren könnten!«

»Die Frage hab ich mir nie gestellt«, meint Mornios.

»Ich erst auch nicht. Als es so schlimm kam, dass ich geglaubt habe, mein Labor würde bei einem Erdbeben verschwinden, war ich wohl oder übel gezwungen, mich zu erkundigen.«

»Will heißen?«

»Will heißen«, legt der Schnippler geduldig dar, »dass Baumaschinen und insbesondere Betonmischer aus ganz Frankreich an den Pariser Bauprojekten teilhaben. Die Betonmischer aus dem Osten arbeiten rund um den Gare de Lyon und den Quai de

Bercy … Die aus dem Norden am Gare du Nord und auf der Baustelle des zukünftigen Stade de France … Die Betonmischer aus dem Westen und Südwesten rund um den Gare Montparnasse und so weiter und so fort … Und jeden Freitagabend kehrt dieses ganze Völkchen wieder in die Heimat zurück … Eine Frage der Gewohnheit für diese braven Arbeiter, und für uns …«

»Lassen Sie uns abhauen«, sage ich zu Mornios, »ich habs!«

»Sie haben was?«

»Ich hab die Lösung, nach der wir seit drei Wochen suchen! … Ich habs endlich!«

Offenbar schaue ich leicht bescheuert drein, denn er sieht mich an, als sei ich verrückt geworden. Der Gerichtsschnippler weicht einen Schritt zurück. Ohne mich aus den Augen zu lassen, schließt er die Hand um den Griff eines seiner Tranchiermesser. Dieses Bild wird mir später wieder in den Sinn kommen, als ich erfahre, dass Leute, die der Morgue aus diesem oder jenem Grunde einen Besuch abstatteten, plötzlich ausgerastet sind – die Umstände, das Licht, der Geruch, die Gefühle – und dass man zu den harten Mitteln greifen musste, um sie zu bändigen. Es geht sogar die Sage, manche dieser Neugierigen seien auf den eigenen Füßen hereingekommen und hätten in einem der Schubfächer geendet.

»Was ist in Sie gefahren?«, schreit mich Mornios an. »Sie ertragen wohl die Stimmung hier nicht? … Schnappen Sie jetzt völlig über, Follope?«

»Ich habs!«, wiederhole ich nur. »Gehen wir! … Dann kann ichs Ihnen von A bis Z erklären!« An meinen Augen, meinen entsetzlich weit aufgerissenen Augen, sieht er, dass ich die Wahrheit sage.

Er verabschiedet sich von dem Schnippler mit dem bekannten Schlag auf den rechten, angewinkelten Arm und zieht mich mit zur Tür.

»Sie können mich doch nicht einfach hier sitzen lassen!«, schreit der Quacksalber. »Was soll ich denn jetzt mit diesen Fleischresten machen?«

»Stopfen Sie sie in den Kühlschrank, wir kommen sie später abholen!«

Der Quacksalber antwortet noch irgendetwas, aber wir sind schon weit weg. Wir durchqueren die Eingangshalle im Laufschritt, stürmen zur Karre, Mornios rast zum Montparnasse. Wir sind schnell hergekommen und machen uns dreimal so schnell wieder davon. Ich weiß nicht, wie Mornios es schafft, keinen Unfall zu bauen. Irgendein Gott beschützt uns wahrscheinlich, sicher derselbe Gott, der all das hier beschützt: diese ganze verkommene Welt, diese verkommene Zeit, die verkommenen Flics, verkommenen Mädchen, verkommenen Detektive, verkommenen Buchhändler, verkommenen Behinderten, verkommenen Quacksalber, verkommenen Liebschaften, verkommenen Wünsche, verkommenen Wörter und all die verkommenen Toten. Die Lichter von Paris fliegen blitzschnell an uns vorbei, ich wähne mich in einem jener US-Importfilme mit gigantischen Verfolgungsjagden, bei denen Panzer auf ihren Amokfahrten alles verwüsten, Hubschrauber diesen Panzern nachjagen, weitere Hubschrauber diese den Panzern nachjagenden Hubschrauber filmen, damit die Leute schließlich vor ihren Fernsehern hocken und in die ununterbrochen dahineilende Bilderflut glotzen können. Ich spüre, dass wir nichts sind. Wir spielen Verfolgungsszenen, wir sind bewegte Bilder, wir sind nur Abbilder irgendwelcher Dinge, die niemals hätten existieren dürfen und die so oder so in einigen Wochen, in einigen Monaten nicht mehr sein werden.

13

Jetzt sitzen wir wieder in Mornios' Büro, alle drei, Mornios, Le Têtard und ich. Festtagsstimmung: Pariser Schinken-Butter-Baguettes, Sandwiches mit Schmalzfleisch und luftgetrocknete Salami. Flaschenbier: Kronenbourg, Heineken und Spaten. Recorder auf dem Tisch, für den Fall, dass man sich nicht mehr erinnert, was man so gesagt hat. Die beiden Flics sitzen da und hören zu, während ich redend auf und ab gehe. Die Geschichte läuft vor meinem geistigen Auge ab. Ich erzähle sie, als würde ich gerade den Film sehen.

»Also. Die Geschichte beginnt mit einem hässlichen Mädchen mit einer sehr hübschen Stimme. Aber Achtung! Die Kleine hat mehr als nur eine hübsche Stimme: Sie hat eine außerordentlich sinnliche Stimme! … Und sie ist mehr als nur hässlich: Sie ist geradezu monströs, kein Mann würd je ein Auge auf sie werfen, sie ist auf ewig der Liebe beraubt.

Und dennoch fühlt sie sich ganz als Frau. Sie hat das Herz und die Träume einer Frau. Sie muss unaufhörlich daran denken, was ihr versagt ist, wovon die anderen andauernd reden. Nun entwickelt sich in Paris wie in allen Großstädten Europas ein in den Vereinigten Staaten entstandenes Phänomen, das diesseits des Atlantiks bis dato unbekannt war: Telefonsex oder, wie man es bei uns nennt, das *Téléphone rose!* Da bezahlen Männer fürs ›Liebe machen‹ … das heißt, um zu masturbieren … während sie sich am Telefon mit Frauen unterhalten, die sie mit Worten erregen … und denen sie in der erdrückenden Mehrzahl der Fälle niemals begegnen werden.«

»Der reinste Puritanismus!«, meint Mornios.

»Genau. Das ist Puritanismus. Liebe machen, ohne sich dabei zu berühren, wie es in den Peepshows der Fall ist … Und noch besser, ohne sich überhaupt zu sehen, wie etwa beim *Téléphone rose,* beim Minitel oder Internet … So was konnte doch nur im Heimatland der Puritaner, in den Vereinigten Staaten, erfunden werden … Von diesen Puritanern, die nur aus Hirn bestehen und den Sex hassen … Diesen Eierköpfen aus Harvard, M.I.T., dem Silicon Valley … Hightech im Dienst des Puritanismus!«

»Macht jedenfalls keine Flecken in die Laken«, sagt Mornios.

»Sie sagen es. Haben Sie mal Henry Miller gelesen, Mornios?«

»Nein. Ein Schriftsteller?«

»Ein Schriftsteller, ja, vielleicht, wahrscheinlich sogar, alles in allem, schließlich wird er ja gelesen. Ein amerikanischer Schriftsteller.«

»Na so was. Was hat der so erzählt?«

»Er hat Paris seiner Heimat vorgezogen und unsere ordentlich beleibten, am Loch schön glibberigen Nutten jenen Millionen von trockenen, knochigen, mit Eau de Javel geschruppten amerikanischen Vaginen dort drüben. Er nannte das, vor doch immerhin fünfzig Jahren, den klimatisierten Albtraum. Damals war es vielleicht ein bisschen übertrieben … aber heute sieht man, dass das nur prophetisch war. Wir stecken inzwischen mittendrin, in diesem klimatisierten Albtraum! Fassen wir also zusammen: Peepshow, *Téléphone rose,* Minitel, Internet … Liebe ohne Berührung … Frauen ohne Frauen … Loch ohne Loch … Der klimatisierte Albtraum … aseptisch … abstrakt … technologisiert …«

»Erzählen Sie schon weiter«, sagt Mornios.

»Aber da tun sich auch neue Möglichkeiten auf! Zuhälter eines ganz neuen Schlags machen sich daran, diese neue Realität auszubeuten. Agenturen und Telefondienste schießen aus dem Boden, Netze bilden sich, ein Großteil der Presse, ob nun von ›rechts‹ oder von ›links‹, öffnet bereitwillig seine Anzeigenseiten für diese postmoderne Kuppelei, das tausende von Freiern ansaugt, sodass dieses Gewerbe am Ende zu einer Goldgrube wird.

Man glaubt immer, der Kapitalismus sei heutzutage konzeptlos, doch *Téléphone* und *Minitel rose* erbringen den Beweis, dass er sich mühelos zu erneuern versteht!«

»Zur Sache!«

»Nur Geduld. Zur Ausübung eines solchen Gewerbes brauchen die Zuhälter des New Age keine echten Nutten mehr aufs Trottoir stellen. Da genügen im Telefonnetz oder im Computernetz einige virtuelle Nutten, die nicht einmal mehr körperlichen Einsatz bringen müssen und den eiligen Kunden verbal erregen, ohne auch nur eins ihrer kostbaren Schamhaare zu krümmen! Niemand braucht mehr jung, schön, anziehend zu sein, um beim *Téléphone rose* zu arbeiten. Egal ob alt, hässlich, abstoßend: eine hübsche Stimme und sich ihrer zu bedienen wissen, das reicht!«

»Virtuelle Nutten! So eine möcht ich auch mal im Bett, Chef«, wirft Le Têtard ein.

»Und obendrein können Sie sich mit denen kein Aids einfangen«, füge ich hinzu.

»Weiter!«, sagt Mornios.

»Meistens sind die Frauen des *Téléphone rose* jedoch tatsächlich jung: Jugendlichkeit verleiht Frauenstimmen ein unverwechselbares Timbre. Meistens sind sie auch schön, muss aber nicht unbedingt sein. Um auf die Frau, von der wir hier reden, zurückzukommen: Wie sie nun ins Telefonsex-Geschäft geraten ist, können wir nicht genau sagen, spielt aber auch keine große Rolle. Meiner Meinung nach dürfte diese Frau physisch derart abstoßend sein, dass sie niemals in einer der Agenturen genommen worden wäre, die regelmäßig frische Animateusen anwerben. Ich vermute, irgendwann ist sie, vielleicht rein zufällig, etwa durch eine Freundin in die Szene reingebracht worden … entweder weil unsere Unbekannte diese Freundin, die ihre Anrufe wahrscheinlich von zu Hause aus erledigte, vertreten hat … oder weil besagte

Freundin für die Verzweiflung unserer Frau X empfänglich war und sie mit Kunden in Verbindung brachte, die bereit waren, der Freundin unter Umgehung der Agentur ihr Soll zu überweisen … Man kann nämlich davon ausgehen, dass einige der Mädchen, wenn sie erst mal Expertinnen geworden sind, in die eigene Tasche arbeiten, trotz aller Vorsichtsmaßnahmen der Agenturen … in etwa so, wie eine von ihrem Zuhälter ausgebeutete Nutte es oftmals irgendwie schafft, selbst eine andere Nutte auszubeuten.

Kurzum, das Mädchen, von dem wir hier reden, kommt nun, ob heimlich oder nicht, ins Telefonsex-Bisiniss. Und das befriedigt die Frau in doppelter Weise: zunächst einmal weil sie damit Geld verdient und dann weil es ihr ermöglicht, sowohl Gefühlsregungen als auch sexuelle Empfindungen kennen zu lernen, die das Leben ihr für immer versagt zu haben schien. Zu unserem Unglück …«

»… wohnt die Frau in Montparnasse?«, sagt Mornios.

»Genau! Zu unserem Unglück wohnt die Frau in Montparnasse. Sie ist also quasi eine Nachbarin. Sie wohnt hundert oder zweihundert Schritte von Ihrem Laden und von meinem entfernt. Sie kennt uns. Sie ist sehr intelligent. Sie lacht sich sicher tot, wenn sie uns sieht, denn sie geht letztlich davon aus, dass wir sie niemals verdächtigen werden!«

»Ich ahne, wers ist!«, sagt Mornios.

»Ich nicht«, meint Le Têtard.

»Das Mädchen gehört zu der Behindertengruppe, die am Ende der Straße, an der Kreuzung zum Boulevard, wohnt!«, erklärt Mornios.

»Genau.«

»Schon komisch«, meint Mornios, »daran hab ich auch schon mal gedacht, irgendwann vor nicht allzu langer Zeit, als ich völlig unbeabsichtigt eine dieser winzigen Personen angerempelt hab, die gerade aus dem Tabakladen am Boulevard Montparnasse, neben dem *Dôme,* kam und die ich übersehen hatte.«

»Ein Mädchen?«, frage ich.

»Möglich … Oder ein Typ … Da ist man sich ja nie so sicher … Bei dem Grad an Behinderungen gleichen sie sich doch alle …«

»Das ist mir auch schon passiert, und zwar mehr als einmal, muss ich zugeben … So was lässt sich kaum vermeiden … Ich würde es natürlich abstreiten, wenn man mich danach fragen würde! Im Grunde meines Herzens habe ich ja nichts gegen die … Im Gegenteil!«

»Ich frag mich trotzdem, wie es diesen Leuten, so wie sie sind, überhaupt gelingt, außer den Köpfen alles wegzuschaffen!«, wendet Le Têtard ein.

»Was diesen Punkt angeht, hat uns der Gerichtsschnippler die Lösung geliefert«, sage ich. »Das letzte Teil des Puzzles, das uns noch fehlte.«

»Legen Sie schon los, aber klar und deutlich!«, verlangt Le Têtard.

»Also zurück zu unserem Mädchen. Ein Mädchen mit einer wunderschönen Stimme … Das sich alles in allem ein kleines, behagliches Leben gezimmert hat, und dann, eines Tages, kommt plötzlich der große Knacks. Irgendein hübsches Ding rempelt unsere Unbekannte auf der Straße an oder macht sich über sie lustig. Plötzlich knallen ihr die Sicherungen durch, und sie lässt die andere durch ihre Freunde abmurksen.«

»Wie kann sie denn Freunde haben, wenn sie der Hypothese nach so abstoßend ist?«, fragt Le Têtard.

»Die Ermittlungen werden es uns sagen, doch meines Erachtens handelt es sich hierbei um zwei oder drei ihrer Leidensgenossen. Da wiederholt sich vor unseren Augen die Geschichte von *Freaks.*«

»*Freaks* heißt ein alter amerikanischer Film aus den Dreißigerjahren. Der erzählt die Geschichte eines Zirkus, in dem alle möglichen Monster zur Schau gestellt werden: unglaublich Fette, eine Frau ohne Unterleib, ein Mann ohne Arme, siamesische Zwillinge und so weiter. Eines Tages verbünden sich diese Monster gegen eine schöne blonde Frau, die ebenfalls bei dem Zirkus arbeitet, die Kunstreiterin … Sie verfolgen sie, fangen sie, verstümmeln und zerfetzen sie, bis sie genauso ein Monster ist wie sie, eine Art Huhn, das sein Leben auf einem Misthaufen herumpickend beenden wird …«

»Wie grässlich, davon bekomm ich noch Albträume!«, meint Le Têtard.

»Nicht der Film, sondern das Leben ist ein Albtraum«, meint Mornios.

»Fein gedacht«, sage ich.

»Warum nur hat diese Frau Sie in die Sache hineingezogen?«, fragt Le Têtard.

»Weiß ich nicht … Vielleicht hab ich irgendwann, als ein Tross Behinderter vorbeikam, in dem sie sich befand, die Geduld verloren … Irgendwas in der Art … Von da an hatte sie einen Pik auf mich, und das hat schließlich, als der *Stimme* klar wurde, dass Irène mit mir zusammenarbeitet, zum Tod unserer armen Assistentin geführt …«

»Und wer hat dann die Körper verschwinden lassen?«, fragt Le Têtard.

»Meines Erachtens wurden die Körper in Beton eingegossen. Erinnern Sie sich noch, was der Gerichtsschnippler uns erzählt hat, Mornios? Dass die Betonmischwagen aus allen vier Enden Frankreichs nach Paris kommen, wo seit zwanzig Jahren Millionen Kubikmeter Beton benötigt werden? Da hat es in meinem Kopf klick gemacht.«

»Warum?«, hakt Mornios nach.

»Weil mir dabei schlagartig zwei Anhaltspunkte wieder ins

Gedächtnis gekommen sind, die ich registriert hatte, ohne ihnen jedoch Beachtung zu schenken, und weil diese beiden Anhaltspunkte genauso schlagartig einen dritten erklären, über den wir uns vergeblich den Kopf zerbrochen haben.«

»Licht ins Dunkel, bitte!«, ruft Le Têtard.

»Als ich vor circa zehn Tagen den TGV nach Bordeaux nehmen wollte, war ich etwas früh dran und bin die Bahnsteige entlanggeschlendert. Der Gare Montparnasse scheint fertig gestellt, aber hinter den Bahnsteigen geht die Betoniererei munter weiter. Ich hab dort einen ganzen Haufen Baumaschinen gesehen, unter anderem auch Betonmischer. Diese Betonmischer waren genau wie alle übrigen Maschinen von oben bis unten mit Graffiti zugesprayt, sodass man die Namen oder die Initialen der Unternehmen nicht mehr erkennen konnte, die gewöhnlich auf diesen Geräten stehen.«

»GTM beispielsweise: *Grands Travaux de Marseille*«, wirft Mornios ein.

»Verflixt, das sind doch die Pressluftbohrer, die die Straße vor meinem Haus aufreißen!«, bemerkt Le Têtard.

»Ich hab meinen Zug genommen und bin gut zwei Stunden in Bordeaux rumspaziert … gab nicht allzu viel zu sehen dort … Als ich dann aber über die Quais zum Bahnhof zurückging, hab ich einen Abrisskran und einen Betonmischwagen entdeckt, die unterhalb der alten Steinbrücke bei der Arbeit waren. Und auf dem Betonmischer waren drei große weiße Buchstaben aufgemalt … BSO …«

»*Grands Travaux de Bordeaux?*«, wagt sich Le Têtard vor.

»*Bétonneuses du Sud-Ouest* … oder so was«, sage ich. »Und ich bin mir sicher: Unter den Graffiti, mit denen die Maschinen am Gare Montparnasse, die wir später untersuchen werden, im Moment noch zugekleistert sind, werden wir genau diese Aufschriften entdecken!«

»Die TGV-Fahrscheine Paris–Bordeaux oder Bordeaux–Paris hatten demnach tatsächlich was zu bedeuten«, meint Mornios. »Ich schuld Ihnen einen Kaffee.«

»Diese Betonmischer reisen aber doch nicht mit dem TGV durch die Gegend«, wendet Le Têtard ein.

»Nein, aber diese Leute fühlten sich so absolut sicher, dass sie uns damit noch zusätzlich zum Narren halten wollten«, erklärt Mornios.

»Was ich nicht kapier«, sagt Le Têtard, »ist, wie das Mädchen, diese Behinderte, mit einem Betonwagenfahrer in Kontakt kommen und den noch zum Komplizen ihrer Verbrechen machen konnte, falls der nicht sogar der Verbrecher Nummer eins ist!«

»Ich vermute, sie hat ihn über das *Téléphone rose* rekrutiert«, antworte ich. »Die beiden werden sich heimlich verabredet haben … Sie hat ihn auf irgendeine Weise eingewickelt und so weit gebracht, wie sie ihn haben wollte.«

»Warten wir die Ermittlungen ab«, sagt Mornios.

»Genug geplaudert … Wann gehen wir hin, Chef?«, fragt Le Têtard.

»Morgen früh um sechs, zur rechtmäßigen Zeit … Bis dahin hab ich dann auch einen Bus Flics, die Untersuchungsrichterin, den Staatsanwalt und einen Schlosser zusammen!«

»Die Untersuchungsrichterin … der Staatsanwalt … Müssen Sie all die hohen Tiere unserer Hochmagisfaktur denn wirklich wegen eines Falls behelligen, der unmittelbar vor der Auflösung steht?«, fragt Le Têtard.

»Und wie!«, ruft Mornios aus. »Alle hohen Tiere unserer Hochmagistratur … ich weise Sie, mein Lieber, nur so für alle Fälle darauf hin, dass man Magistratur sagt und nicht Magisfaktur …«

»Was für eine Neuigkeit!«, erwidert Le Têtard.

»Dann lassen Sie es sich ein für alle Mal gesagt sein … Diese hohen Tiere also werden nicht gerne behelligt, wenn es sich um

Kleinscheiß und Lappalien handelt … Geht es aber um einen richtig saftigen Fall, der Schlagzeilen machen könnte, sind sie liebend gern vor Ort und werden sich bei Gelegenheit revanchieren. Also, vor allem kein Wort an die Presse!«

»Auf mich können Sie sich verlassen, Chef«, erwidert Le Têtard.

14

Um sieben vor sechs bricht der Tag an. Die Sonne ist nicht gelb, sondern blassrosa. Wie eine Frau beim Erwachen die Arme streckt, so breitet sie ihre beiden langen Arme aus rosafarbenem Licht am Himmel aus. Um fünf vor sechs hält ein Bus Flics am Boulevard Raspail, Ecke Rue Delambre, genau vor dem Wohnhaus, das die Initiative »Demain la Vie!« – Leben morgen! – beherbergt. Um vier vor sechs schlendern lässigen Schritts ein paar schwarze Straßenkehrer, die ihre nächtliche Arbeit gerade beendet haben, ihre schreiend grünen, mit dem Grün ihrer Uniformen abgestimmte Besen nonchalant hinter sich herziehend, vorüber. Um drei vor sechs hält ein Peugeot-Kombi 405 unbestimmbaren Alters hinter dem Bullenbus. Der Schlosser klettert heraus, ein großer, dunkelhaariger Teufel in blauem Overall, knochig und heiter. Er geht auf Mornios zu, den er offenbar kennt: »Ehebruch?«

»Ja, Ehebruch zwischen zwei Frauen«, sagt Mornios.

Eine Minute vor sechs hält ein Clio hinter dem 405. Aus der Fahrertür sehe ich zwei lange Stelzen auftauchen, die in die Senkrechte fahren, und am anderen Ende ein großes Mädchen in Minirock und kurzer Jacke. Im gleichen Moment öffnet sich die Beifahrertür, zwei identische lange Stelzen kommen zum Vorschein, die zu einem hoch gewachsenen Weibsbild gleichen Schlags in Minirock und Jeansjacke gehören. Die Mädels haben die fahlen und starren Visagen ausgebackener Merlane und halten jeweils ein Dossier unterm Arm. Aus dem Fond steigt ein kleiner, dicker junger Mann, ganz in Schwarz gewandet, Behuf Gerichtsschreiber, ein Tonbandgerät in der Hand. Die drei kommen auf uns zu. Die beiden Mädchen grüßen uns mit forschem Kopfnicken.

»Mademoiselle Éva Delavant, die Untersuchungsrichterin,

kennen Sie ja«, meint Mornios zu mir, »und dies hier ist Mademoiselle Octavie Dechien, Staatsanwältin.«

»Meine Damen ...«, sage ich. Drei Fotografen, die natürlich niemand benachrichtigt hat, sind ebenfalls da. Mornios macht dem Brigadier, der die Flics befehligt, ein Zeichen, die Fotografen am Eintreten zu hindern. Derart auf Abstand gehalten, nehmen sie unsere kleine Gruppe und die Fassade des Wohnheims mit ihren Kameras unter Dauerbeschuss. Die beiden Damen der Magistratur treten einen Augenblick beiseite, um sich unter vier Augen zu besprechen, und die Fotografen legen nun erst recht unter allen denkbaren Winkeln auf sie an. Ihre starren Gesichter rühren sich nicht, ihre langen Stelzen rühren sich nicht, doch ein jeder kapiert sofort, dass die beiden in Wonne schwimmen.

Mornios zieht seine Armbanduhr zu Rate. Es ist sechs. Er gibt dem Schlosser das Zeichen. Binnen zehn Sekunden hat dieser die Tür geöffnet. Wir gehen rein. Unsere Ankunft löst einen gewissen Aufruhr in dem Etablissement aus, dessen Insassen größtenteils noch im Bett liegen, doch in weniger als fünf Minuten haben wir diejenige, die wir suchen, auch schon gefunden: eine Zwergin, ein armes unförmiges Geschöpf, achtzig Zentimeter hoch, kleine schwarze, rege funkelnde Augen. Sie wohnt allein unterm Dach in einem winzigen Zimmer, das sie mit einem Telefonapparat teilt. Die Wände hängen voller Poster der größten Ladykiller des amerikanischen Films: Gary Cooper, Cary Grant, Robert Redford, Richard Gere etc. Madame ist romantisch! Sie macht keinerlei Schwierigkeiten und gesteht sofort, und als die Untersuchungsrichterin sie in solch günstiger Verfassung sieht, fordert die Richterin den Gerichtsschreiber auf, das Ganze aufzunehmen.

Die junge Frau heißt Marcella. Ihre Geschichte entspricht annähernd der, die wir letzten Endes rekonstruiert haben. Sie ist vierundzwanzig. Ihre Eltern hatten kein Monstrum haben wollen und sie nach ihrer Geburt ausgesetzt. Von da an war sie von Heim zu Heim weitergereicht worden. Vor vier oder fünf Jahren wurde sie hier in Paris untergebracht, wo das Leben für Behinderte weniger hart ist als in der Provinz. Eigentlich hätte sie sich dort nicht allzu unglücklich fühlen dürfen im Vergleich zu dem, was sie zuvor durchlebt hatte, hätte sie in ihrem zwanzigsten Lebensjahr nicht entdeckt, unverbesserlich romantisch, empfindsam und sinnlich zu sein. Sie dürstet nach Liebe. Und nicht bloß nach den Gefühlen der Liebe, sie dürstet nach körperlicher Liebe, nach der Liebe, die Männer mit Frauen im Bett erleben. Sie macht die Hölle durch. 1995 unternimmt sie zwei Selbstmordversuche. Der Arzt des Wohnheims ist der Ansicht, sie habe sterben wollen, weil sie es nicht ertragen habe, eine Zwergin zu sein, tatsächlich aber ist es ihr vollkommen schnurz, eine Zwergin zu sein, sie hat sterben wollen, weil sie ohne Liebe nicht leben kann.

Aber Anfang 1996 geschieht etwas Unerwartetes. Einer Betreuerin, die erst kürzlich in dem Wohnheim eingestellt wurde, doch allein in der Stadt lebt, fällt Marcellas Stimme auf, und eines schönen Abends bittet sie sie um ein vertrauliches Gespräch. Die ungefähr dreißig Jahre alte Betreuerin erzählt ihr nun, dass sie von ihrem Verdienst kaum leben könne, was einen nicht verwundert, sie erhält schließlich nur den gesetzlichen Mindestlohn, weshalb sie, um sich ein Minimum an Annehmlichkeiten leisten zu können, ab und an Vertretungen beim *Téléphone rose* übernehme, ein Tipp, den eine Freundin ihr geflüstert habe.

Mit der Zeit schafft sie sich heimlich einen privaten Kundenstamm, die Männer rufen sie an, ohne zu wissen, wo sie wohnt, und hinterlegen deshalb ihre Entlohnung in Umschlägen auf einen Decknamen in verschiedenen Cafés. Eines Abends hat sie außerhalb von Paris zu tun, und da einer ihrer Kunden anrufen soll, vertritt Marcella sie. Marcella brilliert geradezu in dieser Rolle, weil sie die ganze Wildheit einer unterdrückten Sinnlichkeit hineinlegt. Für sie beginnt ein neues Leben! Sie telefoniert zunächst weiter aus der Wohnung der Freundin, bis es ihr schließlich gelingt, diese Dachkammer hier zu ergattern. Sie lässt sich eine Telefonleitung legen und eine Nummer ohne Eintrag ins Telefonbuch geben, und schon bald hat sie ihre eigenen Privatkunden. Sie erzählt all das mit großer Lebhaftigkeit, sie scheint an ihren Bekenntnissen Gefallen zu finden, ich fühle mich unbehaglich.

»Und wie haben Sie das mit der Bezahlung geregelt?«, fragt Mornios.

»Da hab ich auf die Masche mit den Umschlägen zurückgegriffen.«

»Wer ging die abholen?«

»Eine Freundin.«

»Und wenn der Kunde nicht bezahlt?«

»So was kommt nicht mal in einem auf hundert Fälle vor. Wir arbeiten hier ja nicht mit Pfadfindern, sondern anständigen Bürgern. Die haben Kohle. Die wollen Vergnügen. Das bekommen sie. Und dafür bezahlen sie.«

Der kleine Gerichtsschreiber gibt zu verstehen, dass das Band voll ist. Er dreht die Spule um. Es herrscht Stille, während er hantiert. Die Richterin streckt eines ihrer langen Beine aus, wölbt den Fuß und betrachtet ihn nun eingehend.

Ich zwinkere Le Têtard zu, der zusehends apoplektisch wirkt. Die Richterin stellt sich wieder auf ihre beiden Füße. Der Gerichtsschreiber gibt zu verstehen, dass er weiteraufnehmen kann.

»Doch wie kam es dann dazu, Madame«, fragt die Untersuchungsrichterin mit der Mimik eines ausgebackenen Merlans, sähe er einen Tausendfüßler an, »dass Sie von einer eher halblegalen Tätigkeit so plötzlich in die Gewaltkriminalität umgeschwenkt sind?«

Das war ganz einfach. Ein Zufall. An einem Septemberabend

saß die Zwergin mit ihrer Freundin auf einen Kaffee im *Raspail Vert*, und ein hübsches Mädchen, Estelle, das sie zwar nicht kannte, das aber ebenfalls als Animateuse arbeitete, kam an ihren Tisch. Die gemeinsame Freundin stellte sie einander vor, und Estelle sagte lachend und im Spaß zu der Zwergin: »Wie gehts, halbe Portion?« Damit hatte sie ihr Todesurteil unterschrieben!

»Aber warum wollten Sie«, hakt Mornios nach, »den hier anwesenden Privatdetektiv, Herrn Barnabé Follope, unbedingt in die Sache verwickeln?«

»Als ich damals aus dem Café kam, ich war sowieso schon fuchsteufelswild, hat mich dieser Grobian da angerempelt, ohne mich auch nur zu beachten. Einige Zeit später, eines Morgens so gegen acht Uhr, er schien sehr in Eile, und ich plauderte gerade mit ein paar Kameraden vor dem Eingang des Wohnheims, hat er es wieder getan. Und kurz danach noch ein drittes Mal. Das geht jetzt schon Jahre so, dass er mich dauernd anrempelt! Ich hab mir immer gesagt: Eines Tages krieg ich den!«

»Ich kann mich an keine derartigen Vorkommnisse erinnern«, rufe ich empört aus, und was solls, wenn ich ein bisschen schwindle … Man mag es ja nicht sonderlich gerne, wenn man sich so plötzlich von einer Zwergin angeschwärzt sieht.

»Aber … Sind solche Vorkommnisse denn im Bereich des Möglichen?«, fragt die Richterin und bedenkt mich dabei mit einem giftigen Blick.

»Selbstverständlich sind sie das!«, gestehe ich zu.

»So was ist mir in den letzten Tagen auch schon passiert«, sagt Mornios zu der Richterin. »Und das könnte Ihnen selbst genauso gut passieren!«

»Ich für mein Teil geb Acht, wohin ich meine Füße setze«, erwidert die Richterin.

»Jedenfalls ist es denkbar«, wiederhole ich.

»Da sehen Sies ja, Sie fette Sau, Sie gebens doch selbst zu!«, schreit die Zwergin.

»Ich geb überhaupt nichts zu.«

»Sie haben kein Herz, Follope«, meint die Richterin.

»Sie haben diese Estelle trotz allem nicht ganz allein getötet und enthauptet«, greift Mornios ein, weil er die Zwergin im Griff behalten will.

»Nein, natürlich nicht, ich hatte einen Komplizen.«

»Nennen Sie uns bitte den Namen dieses Komplizen«, sagt die Richterin.

»Aber klar. Er heißt Robert Merlet. Er ist achtunddreißig Jahre alt und arbeitet für die BSO.«

»Das heißt?«

»Für *Bétonneuses du Sud-Ouest.*«

»Könnten Sie uns auch noch seine Adresse geben?«

»Sicher. In Paris ist er in den Baracken der BSO untergebracht, die auf der Baustelle am Gare Montparnasse stehen. Und in Bordeaux wohnt er bei seiner Mutter, 159, Quai de Bacalan.«

Mornios kritzelt ein paar Wörter auf ein aus seinem Notizheft herausgerissenes Blatt, reicht es Le Têtard und sagt zu diesem: »Le Têtard, los, legen Sie den Vierten ein. Funkspruch an die Kripo und ein Fax nach Bordeaux, die sollen diesen Typ verhaften.«

Le Têtard saust davon.

»Machen wir weiter«, sagt Mornios. »Erzählen Sie uns, wie Sie sich mit diesem Typ verbündet haben.«

»Oh, ich hab mich nie mit ihm verbündet!«, erwidert die Zwergin.

»Dann erzählen Sie uns, wie Sie ihm begegnet sind.«

Die Zwergin erzählt ihre Geschichte. Die nun ganz und gar nicht derjenigen entspricht, die ich mir ausgedacht hatte.

Es handelt sich um eine Geschichte, die das Herz jener, die

noch eins haben, zusammenschnüren könnte, doch so, wie Mornios und die Magistratinnen ihr lauschen, glaube ich fast, dass es, wenn man sie erst mal in der Presse liest, eher eine von denen ist, die die Leute zum Lachen bringen.

Das Ganze hat sich vor ungefähr einem Jahr angebahnt … Ein Jahr bevor Estelle der Zwergin gegenüber diese unbedachte Bemerkung machte, mit der diese unselige Geschichte begann.

»Zu dem Zeitpunkt liefen die Dinge für mich recht gut«, erzählt die Zwergin. »Ich hab allmählich ziemlich viel Geld gemacht … Ich kann sogar sagen, dass ich über mehr Geld verfügte, als ich mir in meinen verrücktesten Träumen je erhofft hätte! … Zeitweilig fühlte ich mich wirklich besser, weil mir dieses ganze Geld gehörte … Doch dann gab es Momente, da fühlte ich mich noch unglücklicher … Sie verstehen sicher, weshalb! …« Sie seufzt.

»Keine Sentimentalitäten!«, meint die Richterin.

»Obs mir gut geht oder nicht, ich hab mir in den vier oder fünf Jahren, seit ich hier im Quartier wohne, angewöhnt, gegen Abend ganz allein zum Gare Montparnasse zu gehen und mir dort anzusehen, wie die Züge abfahren.«

»Kommt billiger als Kino«, bemerkt Mornios.

»Lassen Sie sie weiterreden!«, sagt die Richterin.

»Eben, später hab ich dann genug Geld gehabt, um mir jeden Film anzusehen, den ich wollte«, erklärt die Zwergin. »Ich hab sogar *Freaks* gesehen, und zwar in dem Saal für Filmkunst und Experimentalfilme des Lucernaire, Rue Notre-Dame-des-Champs, wenn Sie wissen, wo das ist. Der Film da, der hätte mich vielleicht auf Ideen bringen können! Falls Sie wissen, wovon der handelt …«

»Wir sind bestens im Bilde!«, meint Mornios.

»Eine böse Geschichte. Dabei hats mir in den Brüsten wehgetan«, erklärt die Zwergin. »Gleichzeitig aber hab ich erfahren, dass es so was wie Rache gibt. Wir, die Monstren, werden es nicht ewig hinnehmen, für Scheiße, ja für Scheiße, gehalten zu werden!«

»Was war jetzt mit diesen Zügen?«, fragt Mornios ungeduldig nach.

»Na ja, ich weiß schon, was man von den Kühen sagt, dass sie vorbeifahrenden Zügen nachschauen … Was ich aber schon immer mochte, ist, wenn sie noch am Gleis stehen … und ich sie dann abfahren sehe. Vor allem die TGVs, die einen im Nu so weit weg bringen können. Wenn ich dann so einen TGV, der gleich abfährt, entlangspaziere, stell ich mir vor, ich wär eine andere Person … ich würd wer weiß wohin fahren … und die Karikatur, die ich bin … weit hinter mir … in Paris zurücklassen.

Und vor einem Jahr dann, so ungefähr, mir war ganz schwindlig, ich hatte gerade die Abfahrt mehrerer Züge beobachtet … Und da mir richtig schlecht wurde bei dem Gedanken, wieder in das Wohnheim zurückzukehren, bin ich die Bahnsteige hinuntergegangen … Was ich noch nie zuvor getan hatte … Da hab ich mich ein Stück vom Bahnhof entfernt, ohne jedoch die Baustelle zu verlassen, die sich mehrere Kilometer weit nach Westen zieht.

Es wurde Nacht … Ich bin weiter und weiter gegangen, bis ich tatsächlich bis ans Ende der Baustelle gelangte. Dort gab es einen ganzen Haufen Maschinen, die natürlich bereits still standen … Unter anderem war da etwas abseits auch ein riesiger Betonmischwagen. Und auf der breiten Stoßstange des LKWs saß ganz allein ein Arbeiter im Blaumann und aß gerade aus einem Blechnapf, den er sich zwischen die Knie geklemmt hatte.

Obwohl ich sehr klein bin, hab ich sehr gute Augen, ich hab sofort gesehen, dass er ein großer und hübscher Kerl war … Ein schöner Dunkelhaariger, kräftig … um die dreißig. Ich hab immer gedacht, dass die Typen, mit denen ich am Telefon spreche, alte

Knacker, alte Schweinehunde wären … Oder irgendwelche männlichen Jungfrauen mit nichts dahinter. Aber nie so hübsche Kerle wie der … Da saß er also vor mir, ein schöner junger Bursche, der vielleicht nicht mal wusste, dass es so was wie das *Téléphone rose* überhaupt gibt.

Ich hab mich ihm genähert … ganz behutsam, weil ich fürchtete, ihm Angst zu machen … Und weil ich gehofft hab, dass er in der zunehmenden Dunkelheit glauben könnte, er hätte es bloß mit einem sehr kleinen Mädchen zu tun und nicht mit einer Zwergin. Nicht mit einem Monstrum … Doch er hat den Kopf gehoben … Er hat mich gesehen … Er hat sich gebückt … Ein Stück Schotter aufgehoben und es auf mich geworfen … Nicht sehr fest … Aber trotzdem noch fest genug … Und er hat gebrüllt: ›Los, verzieh dich! … Weg mit dir, du Nichts!‹

Irgendetwas hat mich da gepackt … Ein starkes Gefühl … Ich glaub, wenn Sie, Madame, oder Sie, Monsieur, mir irgendwas Derartiges ins Gesicht gebrüllt hätten, wär ich furchtbar in Wut geraten … Ich hätte Sie sicher anspucken oder Ihnen sogar einen Messerstich verpassen können … mit dem kleinen *Laguiolle*, das ich immer bei mir trage … Doch ich bin einfach weiter auf ihn zugegangen, trotz eines zweiten Steinwurfs, mit dem er mich an der Schulter getroffen hat … Ich war dermaßen aufgewühlt, dass ich den nicht einmal gespürt hab … Jedenfalls hab ich mich vor ihn hingestellt … Ich hab seinem Blechnapf einen Fußtritt gegeben … und das Ding mit allem, was noch drin war, durch die Luft gekickt!

Er konnt es einfach nicht fassen … Er blieb einfach hocken und hat mich mit seinen weit aufgerissenen Augen angestarrt …

›Du arme Flasche, du wagst es, mich als Nichts zu beschimpfen …‹, hab ich zu ihm gesagt … ›Ausgerechnet du, wo du sicherlich nicht mal genug Kleingeld hast, um dir das einfachste Pariser Restaurant leisten zu können, und gezwungen bist, mit dem

Arsch auf dem Betonwagen aus deinem Blechnapf zu fressen wie ein Hund … Ja, sag mal, du armseliger Trottel, da pfeift ja das Elend auf die Barmherzigkeit!‹

Ich bin zu seinem Blechnapf hinübergegangen, hab ihm nochmals zwei oder drei Tritte verpasst und bin wieder zu dem Kerl zurück, er war völlig baff, er hatte sich nicht einmal gerührt.

›Wie heißt du eigentlich, du armes Arschloch?‹, hab ich ihn gefragt. ›Robert.‹ – ›Ich bin Marcella. Und wie viel verdienst du so die Stunde?‹ – ›Vierzig Francs.‹ – ›Und wie viel hast du dann heute eingefahren?‹ – ›Dreihundert Eier.‹ Ich hab meine Handtasche aufgemacht, da waren vier Fünfhunderter drin, ich hatte mir grad einen Umschlag abgeholt, und die hab ich ihm dann in die Fresse geknallt. ›Da, die schenk ich dir, du elender Trottel. Ich hab sie in einer Viertelstunde verdient. Ich bin vielleicht eine Zwergin, aber ich verdien trotzdem zweihundert Mal so viel wie du! Nimm die Kohle, und geh dich waschen. Und danach ziehst du los und leistest dir mal ein Steak und eine Nutte!‹

Er hat das Geld mit zitternden Händen aufgehoben. Mittlerweile war es ganz dunkel Ich hab mich neben ihn auf die Stoßstange gesetzt. Dann haben wir geredet. Er hat sein Herz ausgeschüttet. Er hat geweint. Ob Sies mir nun glauben oder nicht, dieser hübsche Kerl war noch nie mit einem Mädchen zusammen gewesen. Er arbeitete seit mehreren Monaten in Paris und sah jeden Tag welche in den Straßen, hübsche Puppen … Bürgertöchterchen, Studentinnen, Mannequins, Ausländerinnen … Haufenweise schöne Mädels … Er sah sie und lief ihnen über den Weg … Nur war er durch eine unsichtbare, doch unüberwindbare Mauer von ihnen getrennt … Die lebten in einer Welt und er eben in einer anderen … Sie waren nun mal nicht für ihn bestimmt!

Ich hab seinen Blaumann aufgeknöpft … Ich hab mich

vor ihm auf den Boden gleiten lassen ... Und ich hab ihn geliebt ... Ja ... Einfach da ... Mit dem Mund ... Ich habe ihn entjungfert.

In dieser Nacht hab ich dort geschlafen, in der Baracke, in der er seine Pritsche aufgeschlagen hatte. Danach bin ich regelmäßig wiedergekommen ... Zwei- bis dreimal die Woche ... Wir haben uns geliebt, und ich hab ihm Geld gegeben.

Und eines Abends dann ... ich weiß wirklich nicht so recht, was in meinem Kopf vor sich gegangen ist ... Da hab ich mir gesagt, dass die Dinge trotz allem zu ungerecht bleiben ... dass ich diesem Typ zwar gut getan hätte und mir selbst auch, doch dass ich noch immer nicht meine offenen Rechnungen mit der Gesellschaft beglichen hätte, die uns als Larven ansieht ... als Untermenschen, jeden auf seine Weise, ihn und mich ... Also musste die Gesellschaft büßen ... Wir mussten uns rächen! Und dann hab ich angefangen, für diesen Typ Mädchen anzubaggern ... Schöne Mädchen, die mir auf der Straße auffielen.

Für Ausgestoßene wie mich ist das einfach, wissen Sie ... Weil diese ganzen hübschen Mädels ... die vor Ekel sterben würden, wenn Sie auch nur versuchen wollten, ihr Haar zu berühren, sich gar nicht lassen können vor lauter Barmherzigkeit! ... ›Ich hab mich verlaufen, Mademoiselle. Ich bin behindert, wie Sie sehen. Und außerdem kenne ich mich in Paris nicht gut aus. Möchten Sie mir nicht vielleicht nach Hause helfen? Wir müssen zum Gare Montparnasse.‹

Im letzten Jahr hab ich ihm ungefähr einmal im Monat auf diese Weise ein Mädchen angeschleppt. Ich hab ihm zugesehen, wie er sie gebumst hat ... Manchmal hab ich sie mit ihm gebumst ... Und dann hab ich ihm zugesehen, wie er sie getötet hat ... Und zu guter Letzt ... aus den Augen, aus dem Sinn ... war der Betonmischwagen fällig!

So ... Jetzt sind wir bei dem angelangt, was vor kurzem passiert ist … Dieses andere Mädchen vom *Téléphone rose*, diese Idiotin, Estelle, die mich als halbe Portion bezeichnet hat … Er hat sie in der Rue de la Grande-Chaumière geköpft und ihren Körper dann zum Betonmischwagen geschafft … Am helllichten Tag, in einer Metallkiste … Keiner hat ihn gesehen oder auch nur Notiz von ihm genommen … Ein Arbeiter, der mitten in Paris irgendetwas Schweres herumträgt … da bestand für ihn wirklich keine Gefahr aufzufallen! … Und bei der Polizistin war es genauso. Er hat sie gebumst, er hat sie enthauptet, er hat sie einbetoniert.«

»Bitte erklären Sie mir, meine Kleine«, meint die Richterin, »wie kann ein Mädchen wie Sie, das doch angeblich die Gesellschaft hasst, ihren Komplizen so ohne weiteres ans Messer liefern?«

»Das ist ganz einfach, Madame«, antwortet die Zwergin. »Dieser Mann hat sein erstes Liebesabenteuer mit mir erlebt, und seit einem Jahr macht er es einzig und allein mit den Frauen, die ich ihm beschafft habe. Nun weiß ich aber seit acht Tagen mit absoluter Sicherheit, dass er im Begriff ist, mir den Laufpass zu geben. Der Herr hat sich eine Mätresse aufgegabelt, ein hübsches Mädchen, mit dem er sogar zusammenziehen will, wenn es nicht schon so weit ist. Er meint, er könnte mich problemlos sitzen lassen, wegen all der Sachen, die ich getan hab, aber da täuscht er sich. Mich lässt man nicht so einfach fallen … Auch wenn Sie heute Morgen nicht gekommen wären, um mich zu verhören, ich war sowieso fest entschlossen, ihn noch heute Nachmittag durch einen anonymen Brief anzuzeigen.«

»Aber da konnten Sie doch sicher sein, dass er Sie dann ebenfalls anzeigt, um sich zu rächen … Das hätte doch geheißen, sich selbst anzuzeigen!«

»Klar … Nur hab ich in diesem Jahr so viel Spaß und Vergnügen gehabt, dass es mir für den Rest meines Lebens reicht, aber ihm sicher nicht!« Sie verstummt kurz. »Ich hab Ihnen alles gesagt«, meint die Zwergin schließlich zu Mornios. »Jetzt bin ich müde. Ich will mich ausruhen.«

»Im Bau«, erwidert Mornios.

»Im Bau, wenn Sie wollen.«

Sie ist die ganze Zeit, seit wir ihr Zimmer betreten haben, stehen geblieben, nun legt sie ihre kleinen Arme vor ihrem Bauch zusammen und wartet.

Mornios macht dem Gerichtsschreiber ein Zeichen. Der Gerichtsschreiber geht hinaus und kommt nach ein paar Augenblicken mit einem Unteroffizier und zwei gewöhnlichen Polizisten zurück. Sie legen der Zwergin die Armbänder an und führen sie ab. Der Unteroffizier und der Gerichtsschreiber folgen ihnen.

Wir bleiben zu viert im Zimmer zurück: die beiden Magistratinnen, Mornios und ich. Eigentlich müsste ich mich freuen, dass der Fall jetzt gelöst ist, doch eigenartigerweise fühle ich mich genauso bedrückt wie in den finstersten Momenten dieser Ermittlung.

Gerade als Mornios sich nach einer Weile zur Tür wendet, klingelt plötzlich das Telefon. Mornios erstarrt jäh, macht dann eine Geste, mit der er andeuten will, dass keiner drangehen soll, doch die Untersuchungsrichterin, die direkt neben dem Apparat steht, lächelt leise und hebt ab.

»Hallo?«, sagt sie.

Offenbar ist die »Konferenztaste« des Apparats gedrückt, denn die Stimme des Mannes am Ende der Leitung ertönt laut und klangvoll im Raum.

»Hallo, bist du es, mein Schätzchen? Hier ist Éric. Wir hatten ja gestern Abend abgesprochen, dass ich dich heute wieder anrufe. Erinnerst du dich?«

»Aber ja, Éric«, erwidert die Richterin.

»Weißt du«, sagt der Mann mit plötzlich bewegter Stimme, »mir ist das nicht mehr aus dem Kopf gegangen, was wir gestern

Abend gesagt haben! Du warst zwar nicht frei, hast aber so nett mit mir geredet … Das hat mir gut getan, und jetzt hab ich große Lust, mit dir am Telefon Liebe zu machen. Wenn wir ein Viertelstündchen Zeit hätten …«

»Wir haben die ganze Ewigkeit«, meint die Richterin und legt auf.

Wir gehen hinaus.

Während wir die Treppe hinuntersteigen, höre ich noch, wie hinter uns das Telefon erneut zu klingeln beginnt … ins Leere.

Worterklärungen

Motto:
Die sexuelle Straße lebt auf
entlang der unwillkommenen Gesichter,
die Cafés, die von Verbrechen piepsen,
entwurzeln die Avenuen.

Alte Francs: Obwohl die Abwertung des Franc um den Faktor 100 bereits 1960 erfolgte, wird noch heute recht häufig in alten Francs (oder Centimes) gerechnet.

Bals-musettes: Populäre Tanzfeste, mit Akkordeon begleitet.

Bretons bretonnants: Bretonen, die Sprache, Brauchtum und Tracht der (Basse-)Bretagne beibehalten haben oder fast nur – das früher so gut wie verbotene – Bretonisch sprechen.

Bougnats: Dt. Getränke- und Kohlenhändler; meistens *auvergnats,* die traditionellen Kneipiers (Café – Vin – Charbon) aus der Auvergne.

Chaban-Delmas, Juppé: Chaban-Delmas (Premierminister und viele Jahre Parlamentspräsident) sowie Juppé beenden ihre glücklos gebliebenen Karrieren in Bordeaux.

Fellouz: Verballhornung des arabischen *fellaga;* algerische, bzw. tunesische Aufständische und Freiheitskämpfer.

Gaves: Wild-, Sturzbäche im Westen der Französischen Pyrenäen.

Gendarmerie: Dem Verteidigungsministerium unterstehende Polizeieinheit mit zahlreichen Unterabteilungen (Militär, Justiz, Kripo, Verkehr), die wiederum dem Innen- bzw. Justizministerium unterstehen können; im Gegensatz zur *Police nationale* (IGS, eigentliche Kripo, CRS, Grenzpolizei, Geheimdienste), die nur dem Innenministerium untersteht und sich der Gendarmerie überlegen fühlt.

I.G.S.: Inspection Générale des Services de la Police, auch Polizei der Polizei genannt, oder eben *bœufs-carottes,* Rindfleisch mit Möhren, da die betreffenden Beamten gerne aus ländlichen Gebieten rekrutiert werden und eine Vorliebe für rustikale Gerichte haben.

Landru: Henri-Désiré, wurde 1921 wegen Mordes an zehn Frauen und einem Knaben zum Tode verurteilt und 1922 hingerichtet; s. Film von Chabrol (dt. Der Frauenmörder von Paris).

Minitel: Französische Variante eines interaktiven, vom Fernsehen unabhängigen Bildschirmtextes; erfreute sich schon in den Achtzigern großen Erfolgs, wurde als elektronisches Telefonbuch von der Post gratis installiert.

Morue en brandade: Provenzalisches Stockfischgericht, bei dem der Fisch mit Olivenöl, Knoblauch, Zitronensaft und Kartoffeln zerstoßen wird.

Rosbifs: Schimpfwort für Engländer.

Santé: Das Gefängnis *La Santé* (die Gesundheit), in der gleichnamigen Straße, ist nicht nur wegen seiner eklektizistischen Architektur berühmt, sondern auch in etlichen Krimis und Filmen verewigt.

Socrate: Das landesweite Reservierungs- und Informationssystem, angeblich das leistungsfähigste auf der ganzen Welt.

Tripoux: Auvergner Gericht aus Hammelkaldaunen und -füßen.

Bourgeade liebt es, seinen Figuren sprechende Namen zu geben:

Aimé: Amatus, zu dt. der Geliebte.

Dechien: Vom Hund; vollständig klingt der Name Octavie Dechien wie »Oh ta vie de chien«, in etwa: »Oh, dein Hundeleben!«.

Delavant: De l'avant bedeutet von vorn; mit dem Vornamen klingt es wie »Eh, va de l'avant!«: »Geh jetzt/mach voran, leg mal tüchtig los!«.

Follope: Erinnert an den italienischen Chirurgen und Anatomen Falloppia (1532–1562), frz. Fallope geschrieben, den Entdecker u.a. der Tuba Falloppii, des Eileiters.

Le Têtard: Kaulquappe; als Argotvariante: der Gehörnte.

Merlet: Amselchen; eine *merlette* ist eine Prostituierte und ein *vilain* (hässlicher) oder *beau* (iron.: schön) *merle* ein Scheusal.

Mornios: Lässt sich von trübselig, düster, eintönig ableiten.

Im Herzen des Tabus

Begegnung mit Pierre Bourgeade

Pierre Bourgeade trinkt seinen Tee um 16 Uhr, er mag es nicht, wenn man ihn aus schlechtem Winkel fotografiert, und er sagt es auch. Bei einer Frau schaut er zweifellos zuerst auf den Körper, aber er zeigt es nicht. Dieser jugendliche Schriftsteller ist über siebzig Jahre alt und gehört offensichtlich nicht zum alten Eisen. Kokettierend und ganz ernsthaft erzählt er, dass er ins Guinessbuch der Rekorde kommen will. Aber wie? Indem er zehn Werke im gleichen Jahr schreibt. »Ich kann nichts anderes. Ich schreibe von morgens um 7 Uhr bis um Mitternacht. Wenn ich aufhörte, würde ich zu Staub zerfallen.«

Foto Jaques Sassier

Dann erzählt er von seinen Ursprüngen im Béarner Morlanne, aber auch von seiner Großmutter, von einer Kindheit, gebadet in Weihwasser. Und auch vom Schreiben, seit er das Alphabet kennt. Vor allem spricht er von den Kiefernsärgen, die in Reih und Glied an einem Platz in Biarritz aufgestellt waren; immer noch locker, als wäre die Bombardierung von 1944 nur eine Anekdote aus seiner Jugend. »Ich ging auf das Gymnasium Saint-Louis-de-Gonzague de Bayonne, in Biarritz wohnte ich in derselben Straße wie Victor Hugo. Damals war man nirgendwo sicher, nicht einmal dort. Die Schule war von den Deutschen besetzt, ich war ausgehungert, ich erinnere mich an die Erschöpfung und an den Ekel vor den Tellern mit Rüben. Am Tag der Bombardierung habe ich – wie die anderen Tage auch – Tote in Biarritz eingesammelt, das hat mich für immer gezeichnet. Das ist der Grund, weshalb ich *Les âmes juives* geschrieben habe.«

Aus diesem Grund protestiert er gegen Präsident Pompidou, der den Kriegsverbrecher Paul Touvier begnadigt hat, indem er fünfzehn oder zwanzig

Artikel in der Zeitschrift *Combat* schreibt, die bissiger und bissiger werden. Schließlich leitet Pompidou ein Strafverfahren wegen Beleidigung des Staatspräsidenten ein.

Diese eleganten Bekenntnisse, dieses Lächeln auf den Lippen – bei Bourgeade weiß man nie genau, wo der Humor endet und der Ernst beginnt. Gleichzeitig berichtet er, dass er schreibt, wie andere Leute Blumen gießen. Pierre Bourgeade, Beamter und Jurist, arbeitete bis 1974, um seinen Lebensunterhalt zu verdienen. Dann widmete er sich ganz seiner Leidenschaft. »Ich wurde erst sehr spät veröffentlicht. Mein erstes Buch wurde reihum abgelehnt, bis es eines Tages in die Hände von Georges Lambrich fiel, der eine Reihe bei Gallimard leitete. Ich verdanke ihm sehr viel.« *Les immortelles* sind erotische Novellen, in denen die Frauen ihre Fantasien inszenieren. Vergessen wir nicht, in jenem Jahr 1966 hatten die Frauen ihren BH noch nicht abgelegt.

Es folgten ungefähr dreißig Werke bei Gallimard. Bis zum letzten Jahr wurden immer drei Bücher gleichzeitig veröffentlicht. Für *Pitbull* erhielt Bourgeade den Grand Prix du Roman Populaire de la Societé des Gens de Lettres.

»Bei Gallimard wollen die meisten Schriftsteller von der Série Noire in die Série Blanche aufsteigen. Ich habe das Gegenteil getan«, witzelt er. »Ich bin die Treppe hinabgestiegen. Immerhin hat die Série Noire, die direkt nach dem Zweiten Weltkrieg gegründet wurde, hier die gesamte amerikanische Literatur bekannt gemacht. Das »rosa Telefon« ist ein Gesellschaftsphänomen, ein Tabuthema, Milliarden von Francs werden verpulvert. Und trotzdem – haben Sie schon mal eine Studie, eine Untersuchung über Telefon- oder Internetsex gelesen? Das ist nur als Krimi möglich: innerhalb von drei Monaten einen Roman zu schreiben, der von einem gesellschaftlichen Thema ausgeht und sich im Herzen des Tabus niederlässt, ohne Geheimnisse preiszugeben.

In der Série Noire findet man alles, außer Literatur. Stil bedeutet hier nur, keinen zu haben. Es ist der totale Verzicht auf die hohe Literatur mit all ihren Kapriolen und Abschweifungen. Der Punkt, an dem es keine Rückkehr gibt. Es bereitet mir ein großes Vergnügen, Krimis zu schreiben. Es ist aufregend herauszufinden, wie man dieses Genre an unser kompliziertes und abstraktes Vokabular anpassen kann, wie man die Grenzen der Sprache überschreiten kann, ohne vulgär zu werden. In der Literatur darf nichts passieren, in der Série Noire muss *alles* passieren. Ich gebe zu, dass ich dabei auf ein Problem stoße: Wie soll man über 150 Seiten den Rhythmus halten, wenn von der ersten Seite an etwas passiert?«

Er behauptet, drei Bücher gleichzeitig zu schreiben, und es ist ihm egal, ob man ihm glaubt oder nicht. »Wenn ich mit dem einen eine Panne habe, wechsle ich zum anderen.«

Bourgeade schüttelt passagenweise Zitate von Kafka, Cervantes und Bataille aus dem Ärmel. »Meine Meister.« Heute kauft Pierre Bourgeade seine Bücher nach Gewicht beim Antiquar. Eine letzte Provokation? »Der zeitgenössische Roman? Thesen, verteilt auf Dialoge. Zum Kotzen. Sie wollen etwas sagen, beweisen, eine Botschaft vermitteln. Eine Sackgasse. Ein Roman muss vor Leben pulsieren; das finde ich eher in Tagebüchern. Das von Julien Green ist ein Segen, das von Pavese auch. Sobald ich etwas Künstliches fühle, fällt mir das Buch aus der Hand. Zurzeit gibt es eine wirkliche Krise mit den Büchern. Nichts als Schmöker!«

Bourgeade hat gerade ein Opernlibretto über die Liebe zwischen Verlaine und Rimbaud geschrieben, das von Daniel Mesguich aufgeführt werden soll. Ferner ein Porträt von Brigitte Lahaie mit Fotografien von Claude Alexandre. Sein literarisches Universum, das die erotische Literatur, den Krimi und die Autobiografie umschließt, umfasst das Dunkle dieses Jahrhunderts und seine Widersprüche. Kein Wort, keine Szene, die nur Spielerei und nur zur Ausschmückung wäre. Mit siebzig Jahren läuft Pierre Bourgeade einer verlorenen Zeit nach, in der er schrieb, ohne gelesen zu werden.

Isabelle Castéra, »Sud-Ouest Dimanche«

Romane

Les immortelles (1966, Theaterversion 1970, dt. *Immortellen*, Stück in 2 Akten und 8 Bildern, 1977), *La rose rose* (1968), *New York party* (1969, dt. *New York party*, 1971), *Violoncelle qui résiste* (1971), *Bonsoir Man Ray* (1972), *L'aurore boréale* (1973), *L'armoire* (1977, dt. *Der Schrank*, 1992), *Une ville grise* (1978), *La France à l'abattoir (1979), Le camp* (1979, Theaterversion 1988), *Le football, c'est la guerre poursuivie par d'autres moyens* (1981), *Le lac d'Orta* (1981), *Les serpents* (1983), *La fin du monde* (1984), *Mémoires des Judas* (1985), *La rondelle* (1986), *Sade, sainte Thérèse* (1987), *L'empire des livres* (1989, dt. *Die Frau des Buchhändlers*, 1991), *Chroniques du français au quotidien* (1991), *La nature du roman* (1993, dt. *Die Reise zu den Frauen*, 1994), *Cybersex et autres nouvelles* (1996), *Pitbull* (1997), *L'argent* (1998), *Contes érotiques de noël* (mit anderen, 1998), *Téléphone rose* (1999, dt. *Das rosa Telefon*, 2000), *Orlan: Self-Hybridations* (1999), *Les âmes juives* (1999), *Brigitte Lahaie* (1999), *Fantômes et fantasmes* (1999), *Warum* (1999), *L'autre face. Portrait de la face cachée de Paris* (2000), *L'ordre des ténèbres* (o. D.).

Illustrierte Ausgaben

A noir corset velu (Gedichte, Fotografien von Henri Macheroni, 1972), *Havkazaran follies* (Zeichnungen von Jean-Pierre Vergier, 1976), *Le pays que je veux* (Fotografien von Christian Louis, 1980), *Ultimum moriens* (Gedichte, Zeichnungen von Shirley Carcassonne, 1984), *L'ordre des ténèbres* (Fotografien von Claude Alexandre, 1988), *Éros méchanique* (Zeichnungen von Jean-Luc Fournier, 1989), *Le mystère molinier* (1997), *Museé de chair* (Stiche von Peter Klasen, 1998).

Theaterstücke

Deutsches Requiem (1973), *Orden* (1974, dt. *Orden*, 1977), *Étoiles rouges* (1977), *Le procès de Charles Baudelaire* (1980), *Palazzo mentale* (1980), *Fragments pour Guevara* (1980), *Le passeport – La porte (The passport – The door)* (1984), *Le passeport* (1996).

Le Corps de Diane/Diane's Body, 1969. Regie: Jean-Louis Richard. Buch: Pierre Bourgeade, Jean-François Hauduroy. Mit Jeanne Moreau, Charles Denner u.a.

Quartier nègre, Fernsehfilm, 1990. Regie: Pierre Koralnik. Buch: Pierre Bourgeade, Pierre Koralnik. Mit Tom Novembre, Fabienne Babe, Jean-Paul Roussillon u.a.

Der Übersetzer

Stefan Linster wurde im Saarland geboren, lebte zwischen 1971 und 1983 in Frankreich und studierte Deutsche Philologie, Theater-, Film- und Fernsehwissenschaften sowie Französisch an der Uni Köln. Er arbeitet seit zehn Jahren als Übersetzer von Romanen (Orsenna, Kahn, Beti), Krimis (Marie & Joseph, Picouly) und historischen Romanen und Erzählungen (Jacq, Sinoué, Paillet).

UT *metro*

»Die ersten metro-Bände gehören auf jeden Fall zum Besten, was derzeit an so genannter Spannungsliteratur zu haben ist.«
Michaela Grohm, Südwestrundfunk

Jean-Claude Izzo
Total Cheops
Chourmo
»Izzo ist für Marseille, was Malet für Paris, Hammett für San Francisco, Charyn für New York ist.« *Süddeutsche Zeitung*

Helen Zahavi *Donna und der Fettsack*
Donna, das Mädchen von nebenan, und Henry, der fiese Kredithai, haben sich ineinander verbissen.

Walter Mosley *Socrates in Watts*
Nach siebenundzwanzig Jahren im Knast will Socrates wieder ein ordentlicher Mensch werden.

Stan Jones *Weißer Himmel, schwarzes Eis*
Nathan Active ermittelt im nördlichsten Alaska. Ein Umweltskandal kann ihn Kopf, Kragen und Karriere kosten.

Christopher G. Moore *Haus der Geister*
Vincent Calvino kennt sich bestens aus in den Unter- und Halbwelten von Bangkok. Nicht immer zur Freude derjenigen, die die großen Räder im Fernen Osten drehen.

Rebecca Bradley, Stewart Sloan
Temutma
»Hongkongs Schauplätze, Geräusche und Gerüche rasen an uns vorbei im Rennen gegen die Zeit.« *South China Morning Post*

Chester Himes *Plan B*
Das Finale furioso des legendären »Harlem-Zyklus'«: ein visionäres Szenario des schwarzen Aufstands in den USA.

Jon Ewo *Torpedo*
»Was wir über die osteuropäische Kriminalität wissen, macht aus dieser Geschichte mehr als eine Fiktion.« *Bergens tidende*

Mongo Beti *Sonne, Liebe, Tod*
Zam, der Journalist, hat Sorgen: Leiche in der Wohnung, Freundin entführt, Überfälle. Was ist los in dem afrikanischen Land?

Jerry Raine *Frankie Bosser kommt heim*
»Jerry Raines Prosa ist unwiderstehlich, und sein Blick ins Innere der Verbrecher großartig.« *The Times*

Jerome Charyn *Der Tod des Tango-Königs*
»Charyn ist einer unserer wagemutigsten und interessantesten Schriftsteller.«
New York Times

Celil Oker *Schnee am Bosporus*
Remzi Ünals erster Fall. In Istanbul steht ein Privatdetektiv oft mit einem Fuß außerhalb des Gesetzes. Nicht nur seine Klienten gehen der Polizei aus dem Weg.

Brian Lecomber *Letzter Looping*
»Brian Lecomber macht aus Flugzeugen und Piloten, was Dick Francis aus Pferden und Pferderennen macht.« *New York Times*

Pierre Bourgeade *Das rosa Telefon*
»Henry Miller hat ihn kommen sehen: den klimatisierten Albtraum. Mit Bourgeade wird er ein Vergnügen.« *Le Canard enchaîné*

Blue Lightning
Ohne Musik wäre das Leben ein Irrtum. »Es kommt nicht oft vor, dass der unterhaltsamste Krimi des Jahres eine Sammlung von Kurzgeschichten ist.« *London Times*

William Marshall *Manila Bay*
»Dieses Buch ist Schwindel erregend, verrückt, grob und gesittet, exzentrisch und exzessiv.« *Los Angeles Times*

Im Dickicht der Städte

Chester Himes *Fenstersturz in Harlem*
Während einer Trauerfeier stürzt ein Mann aus dem Fenster. Er bleibt unverletzt, denn er ist in einen Brotkorb gefallen. Wenige Minuten später liegt ein anderer Mann im Korb. Mit einem Messer in der Brust.

David Goodis *Schießen Sie auf den Pianisten*
Eddie, einst ein bejubelter Pianist, verdient sein Geld in einer schäbigen Spelunke. Plötzlich taucht sein Bruder auf, der ihn wieder um Hilfe anfleht. Eddie bleibt hart, kommt aber nicht ungeschoren davon.

Friedrich Glauser *Matto regiert*
Der Direktor der Irrenanstalt ist verschwunden, der Kindsmörder Pieterlen ausgebrochen. Wachtmeister Studer leuchtet hinter die Kulissen psychiatrischer Theorien und Therapien. Matto, der Geist des Wahnsinns, regiert und spinnt seine silbernen Fäden.

Assia Djebar *Nächte in Straßburg*
Eine Frau erlebt mit ihrem Liebhaber neun Nächte voll sinnlicher Trunkenheit und geteilter Erinnerungen. Selbst in den lustvollen Stunden können unter der Oberfläche beklemmende Schatten der Vergangenheit aufbrechen wie schlecht verheilte Wunden.

Alan Duff *Warriors*
Leben im Maori-Ghetto von Pine Block. Duff verschweigt nichts, bricht Tabus und begegnet doch all seinen Figuren mit dem Verständnis, das ihnen im Leben verwehrt bleibt.

Yaşar Kemal *Zorn des Meeres*
Ein alter Mann und das Meer: Der Fischer Selim jagt auf dem Marmarameer seinem Traum nach. Derweil wird ein jugendlicher Mörder durch ganz Istanbul gehetzt.

Meja Mwangi *Nairobi, River Road*
Der berühmteste unter den Stadt-Romanen Afrikas: Turbulent und hart wie die glitzernde Metropole, wo das kleine Glück im Überlebenskampf nicht länger anhält als ein Glas Bier.

Monireh Baradaran *Erwachen aus dem Alptraum*
Neun Jahre lang lebte Monireh Baradaran in den berüchtigten Gefängnissen von Teheran. Von ihren Mitgefangenen zeichnet sie einfühlsame Porträts und geht dem Rätsel nach, wie Menschen sich verändern, Freunde zu Feinden werden.

Lao She *Vier Generationen unter einem Dach*
In einer kleinen Gasse Pekings lebt mit seiner ganzen Familie der ehrwürdige Herr Qi. So gerne hielte er an der Traditionen fest, wären da nicht die japanischen Eroberer, die sein gewohntes Leben aus der Bahn werfen.

Mochtar Lubis *Dämmerung in Jakarta*
Mochtar Lubis entwirft in kräftigen Bildern das Panorama einer Großstadt – die Welt der Kaufleute, Beamten, Politiker, Schurken, der debattierenden Intellektuellen und der ewig zu kurz Kommenden.

Nagib Machfus *Die Midaq-Gasse*
Einst glänzte die Midaq-Gasse wie ein Stern in der Geschichte des mächtigen Kairo. In diesem Roman des Nobelpreisträgers wird eine Altstadtgasse von Kairo zum Mikrokosmos einer Welt im Umbruch.